# 紗江子の再婚

*Saeko no Saikon*

佐山啓郎

*Sayama Keiro*

文芸社

# 紗江子の再婚

# 一

朝のうちは灰色の雲が広がって湿った南風が吹いていたが、午後になると次第に雲が流れ去って、初夏を思わせる晴れ間が見えてきた。木田紗江子《きださえこ》が渋谷駅に着いて井の頭線の改札口を出たとき、広い通路の左手一面を覆っている大きなガラス窓を通して、日差しを受けたビルの向こうの雲の切れ目に澄み切った空を見た。

紗江子はゆっくり歩き進んでそのガラス窓のところに行くと、目の前に展開するスクランブル交差点の光景に見入った。窓というよりガラスの壁という方がふさわしくて、素通しのガラスが直《じか》に足元から立ち上がっているのだから、まるで車列に覆われた道路の真上に自分が浮いているような感じだ。

交差した道路を縦に、次いで横に、車がひとしきり走った次の瞬間、四つの角に溢れ返った人の群れが一斉に動き出して、たちまち交差点が人の渦と化す。だがじきに、潮が引くように交差点上から人の姿が消え、また縦に、横にと車列が動き出す。警笛もなく交互に流れて行くその見事に統制された車と人の動きは、都会の巨大な仕組みを思わせるようだ。

紗江子は、渦のように群がりうごめく人々の様《さま》を、巨大な蟻塚に群がる蟻のようだと思った。毎日こうして無数の蟻が群がり集まって街を息づかせ、動かしているのだ。彼女自身も蟻のようにうごめいてこの大都会で毎日を生き続けている、とは信じられない気がした。

彼女は毎日、この駅舎の中の広い通路を通って電車を乗り換え、目黒にある会社に通っている。だがついぞ、こんなふうにしてこのガラス窓のところに立って交差点の光景を眺めたことはなかった。ましてや、あの交差点の向こう側の繁華街に入って行くなんて、普段はほとんど考えたことがない。

一

ガラス窓から離れたところを急ぎ足で通りつつ、ちらと交差点の方を横目で見たことは何度もあるが、この街そのものには大して興味を感じなかった。と言うより、繁華街への興味なんて、長い間封印し続けてきたのだ。それほど決まり切った毎日を送っていたとも言えるし、それほど日々の生活に追われていたのだとも言える。そうした中で何年もの間、人生に対する諦めに支配されていたようでもある。

家族も家庭も、毎日同じようなことを繰り返す会社の仕事も、どれも捨てたり逃げ出したりすることはできない。自分の人生なんてこんなものなのだ、今以上に変わるはずがない、と思い続けてとうとう五十を過ぎたのである。

今日から後の自分が、そういう自分から抜け出して行くことになるのかどうか、それはまだわからないが、人生も終わりに差しかかろうとするときに、思いもかけない変化が訪れようとしているような気がする。しかも紗江子にとって、それは決して悪い気分ではないのだ。彼女はそういう自分が意外でもあった。

紗江子の立っている通路は駅ビルの二階の位置にあるから、人と車の掻き立てる交差点の騒音は厚いガラスに遮られて遠い物音のようだ。彼女の背後では、絶えず行き交う人の足音が響き、時折会話に混じって子供たちの笑い声が聞こえた。それは何となく普段と違い、日曜日の午後の穏やかな空気を感じさせる。それがすごく新鮮な感じだ。休日の午後にこんなところに立っていること自体、彼女には珍しいことなのである。

「お相手の方は三時にいらっしゃるから、一足先に行って待っていることにしましょうね」

昨日、携帯電話で聞いた松尾良美《まつおよしみ》の声が耳に残っている。すごく張り切っているようだった。それで紗江子も、まだ少しあった迷いの気持ちを振り切って、とにかく一度会ってみようという気になった。

こうして渋谷の街の景観に見とれていると、何かしら、妙に期待めいた気持ちも湧いてくるのを覚える。あの交差点の向こうの街に、今までの自分が振り捨ててきた何かがあるような気もする。

そのとき、いきなり肩を叩かれて、紗江子が振り向くと、赤い縁の眼鏡をかけた松尾良美の丸い顔が笑いかけていた。普段と同じ白のジャケットをまとった姿だ。

「木田さん、ごめんなさい。遅くなってしまったわ」

一

良美は息を弾ませて言った。

「いいえ、そんなことありません。今日はよろしくお願いします」

紗江子が殊勝《しゅしょう》に言うと、良美はうなずいてガラス窓の向こうを指差し、

「その向こうの広い通りを行って、左方向に行く道が公園通りなのよ。代々木公園に通じているわけね。あなたもそのぐらい覚えておきなさいよ」

良美の明るい笑い声が響いた。

これから行く喫茶店は、その公園通り沿いにある。紗江子は最初、良美にその喫茶店の場所のことを聞いたとき、公園通りがどれなのかもよくわからなかった。品川にあるマンションに住む良美の方が、通勤に関係なくてもよほど渋谷に詳しいのだ。

紗江子は通勤に着る白の上着をやめて、臙脂《えんじ》のブラウスを出して着てきた。良美はその姿に目を走らせてにっこりして、

「きれいだわ、木田さん。今日はその感じでいきましょうね」

目を輝かせて言い、太り気味の体を揺すって紗江子の先に立って下りのエスカレーターに乗った。路面に降り立つと目の前がスクランブル交差点である。歩道を埋める人混みの

中を、紗江子は良美に遅れないように付いて行った。

松尾良美の言う「お相手」とは、西野彰生《にしのあきお》という男である。歳《とし》は六十歳で、紗江子の八つ上ということになる。

十日ほど前、その男の写真を見せながら、良美はひどく真剣な目をして紗江子にこう言ったのだ。

「知人の家で偶然この方の話を聞いて、木田さんにぴったりだと思ったの。中学校の教員をしている人でね、先方はあまり大っぴらにしたくない意向なので、先にあなたのことを、こういう人がいますって、簡単に伝えてもらったの。そうしたら先方からぜひお会いしたいと言ってきたのよ。だからあなたさえよければ、このお話、きっとうまくいくわ」

写真には、背広姿で眼鏡をかけた初老の男の上半身が写っていて、その眼鏡の奥の小さな目が、いかにも生真面目《きまじめ》そうな光を放ってこちらを見ていた。

紗江子がその写真を手に取って当惑げに見ていると、良美は、こんなよい話はまたとないのだとばかり、鼻の頭に汗を光らせて紗江子を説得しようとした。

「わたしもちゃんとお会いして確かめたけれど、この方、歳は行っていてもとても元気そうな人よ。大丈夫、年金がばっちり入るし、きっと老後の心配はあまりいらないわ。もしうまく結ばれて所帯が持てれば、木田さんの今までの苦労も、大いに報《むく》われるというものよ」

そして、会ってみて紗江子が嫌だと思ったら、いつでも良美自身が先方にそれを伝えるとも言った。

松尾良美は、同じ保険会社で仕事をしている仲間であり、もともと世話好きなタイプでもあった。歳は紗江子より三つ上で、「五十歳になってからが人生の変革期」というのが彼女の持論だった。自分の老後の生き方についても真剣に考えていて、夫とも随分本気でそういう話をしたらしい。リストラの憂《う》き目に会った夫とはその話し合いを通じて理解し合い、改めて仲直りもしたのだという。「木田さんには特別に話す」と言って、良美からその話を聞かされたときは紗江子も感心したものだ。

それで紗江子は、何かの折の雑談で良美に、

「このごろ母がしきりと再婚を勧めるのよ」

と話したことがあった。紗江子自身はこの歳では再婚なんて無理だという前提で、ほと

んど笑い話の類《たぐい》のつもりだったから、良美が本気で心配してくれるとは思っていなかった。

良美の善意がよくわかるだけに紗江子は悩んだ。見合いの相手としては特に難点もなさそうだが、五十歳の坂を越えてからの思いもかけない縁談であり、写真の男に会ってみる決心はなかなか付かなかった。

西野彰生は長い間公立中学校の教員をしていて、この三月に退職し、その後四月からは池袋にある私立中学校に再就職して勤めているという。つまり、六十歳を過ぎてなお教員一筋という男なのである。紗江子は、正直言ってそういう人物像に初めは違和感を持ち、この歳になって「お見合い」なんてできるのかしらと思うからなおのこと、良美に勧められてもまるで自信が湧かなかったのだ。

それにもかかわらず、紗江子がともかく一度会ってみようと思ったのは、良美から話を聞いた二日後に、保険の外交に回った先で、以前から個人的にも親しみを感じていた女性と話をしたときだった。その人は夫に先立たれた後も長くデザインスクールを経営してきた人で、紗江子が自分に再婚話があることをそれとなく漏らすと、彼女はこんなことを言った。

「わたしもそろそろ六十になるし、この学校のことは息子に譲って、第二の人生を考えようと思っているの。そのためには一人じゃ寂しいし、いい人を見付けたいと思うんだけど、わたしの聞いたところでも、世の中には、いろんな事情で中年過ぎて一人暮らしをしている男性も結構いるらしい。寂しいのは女ばかりじゃないのよ。だからあなたも、いい人を見付けるチャンスがあったら逃さないことね。人生って、自分で作っていくものだもの。木田さんだって、そういう話をわたしにするじゃありませんか」

紗江子は、保険を勧めるために人を励ますような話し方もしてきたが、それがこんなふうに自分に跳ね返ってくるとは思ってもいず、何だか目を見開かれるような思いだった。

自分が再婚するなどということは想像もしていなかったが、このまま一人でいれば老母を抱えて細々と一生を終わることになるだろう。それでは確かに諦めと忍従ばかりで欲がなさ過ぎるのかもしれないと思った。

世の中には、孤独になって寂しがる女がいれば、一方には一人暮らしを託《かこ》つ男も少なからずいるのだ。双方が新たな巡り合いによって、第二の人生を編《あ》み出すことができるなら、すばらしいことではないか。人生最後のチャンスと思って試してみよう……。

そう考えて良美にその話をすると、彼女もいたく感動し、いっそう自らの持論に確信を持った様子であった。

だが、実際に未知の男と見合いする紗江子にしてみれば、ことは相手の考え方にも左右される問題であり、いよいよ現実に一人の男の前で自分が試されると思うと気遅れが先に立ってしまうのだった。

スクランブル交差点を渡り公園通りを少し上って行ったところに、「ルノアール」という喫茶店の入り口があった。地下に向かう階段を降りて行くと店内は思いの外《ほか》広く、音量を抑えたクラシック音楽が流れていて静かな雰囲気である。

ほどなく西野彰生が現われた。良美に教えられて紗江子がその方に目を向けてみると、なるほど写真で見た通りの生真面目そうな顔がそこにあった。

その男は入り口を入ったところに立ち、縁の細い眼鏡をかけた顔をおどおどさせて店内を見回している。紗江子はその気弱そうな様子が何となく意外で、彼が目の前の椅子にかけるまで、思わず無遠慮なほどに目で追った。そして相手の遠慮がちな静かな視線にぶつかり、思わず目を伏せた。

良美は改めて二人を相互に紹介した。名前と職業などを簡単に言うだけの紹介だったが、良美らしくもなく急に緊張した顔になって、一語一語注意しながら紹介する彼女の様子に、紗江子はおかしさをこらえて顔を赤らめずにはいられなかった。

良美は、紗江子の表情にも構わず、紹介し終わるとすぐいつもの調子に戻って、

「この喫茶店は、若かりし頃に、わたしが今の夫とよくきたお店でしてね」

と思い出話を一くさりしゃべってから、

「じゃ、後はお二人で、どうぞごゆっくりね」

黙ったままでいる二人を後に残し、気を利《き》かせて三人分の支払いを済ませると、良美はあわただしく店を出て行った。

今日は暑いからホットよりアイスがいいと言って、良美はアイスコーヒーを三つ注文したのだが、話をしながら自分だけたちまち飲み尽くし、彼女が消えた後には白い氷の粒ばかりになったグラスが残っていた。向かい合った形になった二人の前には、それぞれストローで一口ずつ吸っただけのアイスコーヒーが置かれていた。

その時点でまだ紗江子は、どちらかと言えば義務感のようなものに支配されていたと言ってよく、相手に対しても堅苦《かたくる》しい感じが消えなかった。

目の前の男は、グレイの背広姿で、明るいブルーのシャツに地味なネクタイをしていた。やや薄くなった髪をきちんと七三に分け、黒の細い縁の眼鏡をかけた顔を俯き加減にしている生真面目そうな様子は、紗江子にはいかにも先生然として見えるばかりだ。そんなことも紗江子の口数を少なくした一因であった。

そのうちに相手は、先刻の自己紹介に続けて、また仕事のことや息子たちのことを話し出したが、口数の少ない紗江子を前にして、次第に間が持てないという感じになってきたらしい。右手をアイスコーヒーのグラスに添えたままで、話の合間にそのグラスを落ち着きなく口元へ運び、ストローに軽く口を付けるような動作を繰り返している。そうして彼は、会話の糸を切らさないようにしようと自分の身辺のことをあれこれ話し、それにつなげて紗江子にも話をさせようと、一人で気を遣っていた。

年甲斐もなく硬くなっていた紗江子だが、観察眼は十分に働いていた。そうして問われるままに自分のことを話しているうちに、相手の善良な人柄が伝わってくるのを感じた。

こういう人となら案外、一緒に暮らしていけるのかもしれないと思った。

西野彰生の妻は十二年前に病死し、三十歳になる長男はすでに結婚をして多摩の方のマンションに住んでいるが、その三つ下の二男も自立して家を出たので、彰生は清瀬市にある家に一人残って暮らすことになった。現在住んでいる土地は借地だが、家は自分で建てたので愛着がある、と彼は照れたような表情をして言った。

「とにかく僕は、今まったく、一軒家に一人で暮らしていますから、あなたのような方にきてもらえればうれしい限りです。そういうことで、どうかお考えください」

言うことがなくなった彰生は、とうとうそう言って目をしばたたかせ、紗江子を見た。その顔は上気して赤くなり、後をどう続けたらよいのかわからず困ったような様子に見えた。

紗江子は少々面食らったが、微笑《ほほえ》んで、

「はい、ありがとうございます」

と軽く頭を下げた。それ以上返事のしようもなく、少し残っていたアイスコーヒーのストローに口を付けた。

彰生もそれに倣《なら》うようにグラスを持ってストローに口を付けた。だがグラスの中はすでに氷の白いかけらばかりになっていて、ジュルジュルと妙な音を立てるばかりだった。

紗江子は、気の毒になって何か言わなければと思った。

「ただ、まだ母にもよく話さなければなりませんし、ちゃんとしたお返事は少し待って頂きたいんですが……」

「もちろん、それで結構です。まだお互いにわかり合っていないことも多いと思いますし、これからお付き合いしていければと……」

彰生はそう言ってまた顔を赤くした。

それから間もなく二人は喫茶店を出た。

スクランブル交差点のところで、人の波に埋もれて二人は立ち止まった。斜めの日を受けたビルが取り囲み、人と車で溢れ返った街は響き合う様々な音で充満していた。紗江子の脇に彰生が前方の信号を見詰めて立っていた。車の音が止んで一斉に人々が動き出したとき、紗江子は思わず彰生の腕を軽く摑んだ。彰生は振り返って人の好い笑いを浮かべたが、その腕には妙に力が入っていた。

# 一

二人は渋谷駅まで行って、そこで別れた。彰生は山手線のホームに向かい、浜田山に住む紗江子は井の頭線の電車に乗って帰った。

渋谷駅を出た紗江子の乗った電車はじきにビルに埋められた街から出て、郊外に向かって走り続けた。紗江子にはすっかり見慣れた住宅街の連なりが、西の夕日を背景にして緩やかな丘陵地帯の上に展開してゆく。

喫茶店に一時間余りいる間に、相手の方がすでに積極的だということは、紗江子にもよくわかった。紗江子の方が、終始問われるままに話すという感じだった。

今にして思えば、初めて西野彰生の写真を見たときから、紗江子も決して悪い感じを持ってはいなかったという気がする。ただ、職業が教員であると聞いたとき、まったく思いがけない気がして、いささか困惑していたのである。

中学や高校の頃を通じて、紗江子は男性教員に対して特別の感情を持ったことはないが、今になって自分の夫として考えるということが何だか腑に落ちなかったのだ。それは妙にむずがゆいような変な気持ちで、「先生」はいつも一段高いところから見下ろしている偉い存在という印象が、いまだに心の奥に残っているようだった。

ところが、現実に西野彰生と会ってみると、若い頃からの潜在意識は何の意味もなくなったようだ。教員という職業を六十歳の定年まで勤め上げたという一人の男の優しげな表情を、紗江子は新鮮な印象として思い浮かべることができた。

紗江子の三人の子のうち、娘二人はそれぞれに相手を見付けて結婚し独立している。そのことを話した後で、就職してすぐ家を離れた末の息子のことは簡単に話しただけだ。離婚の事情についても突っ込んで聞かれるようなことはなかった。紗江子としては、十五年も前のことをあまり思い出したくなかった。ある程度のことは良美を通して聞いているはずだった。

電車のつり革に摑まりながら、この次に彼に会うときには何を話したらよいかしらと、紗江子の心は自然にそちらの方へ傾く。浮わついた気持ちではなく、ついぞ忘れていた快い緊張感とこれから先への期待感があった。それは彼女自身、予想外の成り行きと言ってよかった。

# 二

浜田山の駅に着いて電車を降りると、紗江子は近くのスーパーで食料品の買い物をした。

そして自分の住むマンションに向かって歩いて行くうちに、彼女は少しずつ気が重くなってきた。母の政代《まさよ》がどう言うだろうかと、改めて気になったのである。自分が母の気持ちに反することをしているとは思わないが、最近の政代の本当の気持ちをどこまでわかっていたかと思うと不安になった。

紗江子は喫茶店で西野彰生に向かい、母親の健在振りを話して、自分がいまだに母の世話になって平気でいるようで困る、と冗談めかして言った。だがそう言った後で、かえって母のことが今後の問題として心に引っかかった。松尾良美が前もって西野側に、母親は健在で紗江子の再婚を望んでいるという意味のことを話したというが、いざ現実に自分の問題となってみるとそう簡単なことではない。

政代は今年七十八歳になるが、普段ほとんど病気もせず、紗江子が勤めに出た後の家事を受け持っている。ひと頃政代は、やがて五十歳になろうとする紗江子に向かい、口癖のように再婚を勧めた。政代の弟である紗江子の叔父が、紗江子の容貌なら今からでもきっといい相手が見付かるなどと、政代の気持ちを察して熱心に言ったことも一因らしい。紗江子の三人の子が次々と自立して家を離れた頃で、気が付いたら家の中は政代と紗江子の二人だけになっていたのだ。気丈な政代は、自分のことより紗江子の行く末の方を心配したのである。

政代は、親類の者や知り合いにも、それとなく紗江子の再婚相手を探す話を持って行ったりした。そうして私一人でも十分やっていけるからあんたはいつ出ていってもいいよなどと、ときには紗江子を嫁入り前の娘のようにからかったりした。政代とのそんなやり取りを、紗江子が良美に話して笑ったこともある。

最近、政代があまりそれを言わなくなったと思っていた矢先に、松尾良美から西野彰生の話がきたのである。結局紗江子は、彰生と会ってみることにしたが、彼女自身の迷いや自信のなさもあって、心では破談になる覚悟で、政代にも知らせずに西野彰生との出会いの場に臨んだのだった。

井の頭線の踏切を渡って公園の側まできたところで、紗江子は立ち止まった。そして公園の内側にある太い欅《けやき》の陰に行って、バッグから携帯電話を出した。政代の顔を見る前に、良美に報告だけでもしておこうと思ったのだ。西日の差し込んだ公園には、向こう側のベンチに腰かけた老人の他に人影はなかった。

## 二

予期した通り良美は自宅にいた。

「あら、もうお相手の方と別れて帰ってきちゃったの？　木田さん」

電話の向こうで良美の驚く声がした。

「やっぱり、あまり気の進まないお話だったかしら？」

「いいえ、そういうわけじゃないけど……、でも随分いろいろお話ししたのよ。一時間以上もあの喫茶店で」

「そう、それでどうだったの？」

「とてもいい方だと思うんです。それでね、またお会いしましょうっていうことになりました」

「まあ、それはよかったわねえ」

良美は大げさに感嘆の声を上げた。

「だけど母が何て言うか、これから帰って話してみようと思うんですけど……」

「だってお母様は、あなたに、いい人がいたら一緒になりなさいって、いつも言ってくれているんでしょう?」

「そうなんだけど、母も歳だし、これから先のことを考えると、わたしもそう簡単に決められないから……」

「あら、何だか急に弱気になったみたいじゃないの。お母様はあの通りお元気なんだし、あなたのことを一番心配していらっしゃるんだから、大丈夫よ、よくお話しするといいと思うわ」

「はい、ありがとうございます」

思わず丁寧な言い方になった。

「それじゃ、取りあえずご報告ということで、またそのうちに連絡します」

「あなたのために、とてもいいチャンスが巡ってきたのよ。わたし、あなたに頑張ってもらいたいという気持ちでいっぱいなのよ」

「はい、わかっています。今日はどうもありがとうございました」

電話を切ってバッグにしまうと、紗江子は意を決したように歩き出した。

## 二

やがてマンションの三階にある家の前に立つと、紗江子は玄関の鍵を開けた。

「紗江子なの？」

ドアを開けるとすぐに、咳き込んだような政代の声がした。

「どうかしたの？　お母さん」

紗江子はすぐにキッチンへ行ってみた。かすかにガスの臭いが漂っていた。

「今お湯を沸かしておこうと思ったら、ガスの火がちっとも点《つ》かないのよ」

政代は、何度もガス栓のつまみを捻って見せた。

つい先日、自動点火の具合があまりよくないと思ったことがあったのを、紗江子は思い出した。それにしても、つまみを捻る政代の手付きがおかしい。なかなか火が点かないのでいらいらしている様子だ。紗江子が政代に代わって注意深く捻ってみると、ガスはじきに点火した。が、以前よりいっそうつまみの具合が悪くなっているのもわかった。

「明日にでもガス屋さんにきてもらうように連絡するわ」

紗江子は、ガス栓の使い方で政代をあまり問い詰めても仕方がないと思った。

「それよりお母さん、やはり、大きめの電気ポットを買おうよ。今度の冬までに……」

「そんな、紗江子、無理しなくたっていいよ。ガスがあるんだから」

顔を近付けてガス栓を見詰めていた政代は、自分の両膝に手を突いて上半身をゆっくり起こしながら言った。この頃政代は、腰の曲げ伸ばしに不自由を感じるらしく、ときどき自分で腰をさすっていることがある。

何か値の張るものを買おうとすると政代が反対するのはいつものことなので、紗江子は、今度こそできるだけ早く大きめの電気ポットを買おうと心に決めた。今まで使っていたポットでは小さ過ぎるし、必要なときにいつでも熱いお湯を使えるようにしておけば母も楽だろうと思うのだ。

戦争後の困難な時代を生き抜いてきた政代は、質素倹約の考え方が身に染み込んでいる。そういう政代に合わせて紗江子も、余計な出費はできるだけ抑えてやりくりをする生活に馴染んできたが、年老いた母親にいつまでも不自由をさせておくのはよくない。湯沸かしのポットぐらいは新調できると紗江子は思った。

それはそれとして、と紗江子は、改めて政代の様子を盗み見た。

政代はダイニングの椅子に腰を下ろして、テレビを見ている。テレビでは若い男女のタレントが賑やかに今日のニュースの紹介をしているのだが、その画面に向けられた政代の顔はほとんど無表情に見える。

キッチンに立っていた紗江子は、政代の白い横顔からしばらく目が離れなかった。こんな思いで母を見詰めたのは初めてのことだ。

やはりこの母にも老化現象が起きているのに違いない。普段見ていても、政代の手元に不安を感じることは度々あった。そう言えばこの頃は、政代が以前のように進んでキッチンに立つということも減ってきたことに思い当たった。

ダイニングで二人が食事をするときには、大抵《たいてい》テレビを点けておいて会話を交えながら食べる。今日ばかりは、紗江子は食事をしながら何度も政代の様子を盗み見た。政代は紗江子の口数の少ない様子にも構わず、テレビのトラベル番組を見てときどき独り言のようなことを言っている。その政代の表情が、紗江子には以前より呆《ほう》けてきたように見えて仕方がない。認知症と診断されてもおかしくない歳なのだ。

紗江子は胸が圧迫されるような痛みを感じた。自分はいい気になって何か迂闊な間違いをしたのかもしれない。それならこのまま、西野彰生という男に会ってきたことを話さずに済ませてもいいと思った。駄目なら駄目で元々なのだ。

そう考えながらも、紗江子はどちらとも決心が付かず、何度も政代の様子を窺っていた。

電話のベルが鳴った。紗江子がその電話に出ると、下の娘の由里《ゆり》である。一昨年恋愛結婚して現在千葉市の方に住んでおり、今年二十五歳になる。

「ママ、鵜原のお父さんが野菜をいっぱい送ってくれたの。勝雄《かつお》さんの好物もあるのよ。それで新鮮なうちにと思って、ママのところへも今日宅急便で送ったわ。姉さんにも少し送るつもりよ。だって勝雄さんがそうしろって言うから」

由里の声は明るく弾んでいる。

由里の夫の山村勝雄は食品会社に勤務しているが、父親は千葉の外れの海に近い村で農業を営んでいた。それほど大きな農家でもなさそうだが、息子夫婦のところへは自家で収穫したものなどをよく送ってくるらしい。それをまた由里は、度々紗江子のところへも分けて寄こした。

「それはありがとう。新鮮な野菜は楽しみだわ」

「そうね。それで、おばあちゃんは元気？　よろしく言ってね」

電話が切れると、紗江子の顔に自ずと笑みがこぼれた。

「由里が野菜をたくさん送ってくれるそうよ。あの子は結婚して楽しい盛りみたいだわ」

「由里が？　ふーん。それで、まだ子供はできないの？」

政代は、ときどき紗江子をどきっとさせるようなことを聞いてくる。特別曾孫《ひまご》が欲しいと望んでいるわけでもないのだ。子供っぽい感じの抜けない由里が結婚してうまくやっていけるかどうか、紗江子も何となく気にかけてはいた。

「まだらしいわね。きっと自分たちで考えて、よろしくやっているんでしょう」

紗江子がそう言うと、政代はまたテレビに目を戻したが、不意に振り向いて、

「真一《しんいち》は、どうしているかねえ？」

紗江子はちょっと間を置いて、

## 二

「便りのないのはいい便りよ、きっと……」

「ふーん」

政代はじっと紗江子を見ていた。その、紗江子の心中を何か読みとろうとするような視線に、紗江子は不機嫌になって横を向いた。

長男の真一は三人目に生まれた子で、由里の一つ下である。二年前に大学を出て量販店に就職して家を出て行ったのだが、普段は滅多に電話も寄こさない。紗江子は心のどこかに刺《とげ》のように引っかかるものを感じながらも、真一はもう一本立ちする気なのだからと、別れた夫に任せて手放したようなつもりでいるのだった。

もう一人、二十八になる上の娘の恵美《えみ》には三歳の男の子がいて、よく熱を出すらしく、この頃はあまり訪ねてこない。恵美は商事会社に勤める夫と横浜に住んでいて、紗江子の孫は今のところその子一人である。しっかり者のはずの恵美が最近かけてくる電話は、大抵その子に手がかかって仕方がないということと、夫の伊田和伸《いだかずのぶ》が会社の仕事ばかり増えて、疲れがたまるらしくて大変だという話である。

真一は別としても、上の娘二人と話をすると、紗江子は、娘たちが母親の老い先のことを心にかけていてくれるのはうれしかったが、結婚して出て行った娘たちにまで心配かけないようにしたいとその度に思った。それは、自分一人だけになってもしっかり生き抜いていかなければという思いにも結び付いていた。

しかし再婚が可能となれば、そういう気持ちのあり方も随分変わってくることだろう。政代がだいぶ以前、恵美と由里を前にして、それとなく紗江子の再婚について二人の意見を聞いたことがある。初めは二人とも一様に信じられないという表情をしたが、そのときすでに子供もいた恵美は、

「お母さんを大事にしてくれるようないい人がいたら、わたしは大賛成よ」

と言って涙ぐんだ。側で由里も真剣な顔でうなずいていた。

その場面を、紗江子ははっきりと思い出すことができる。子供たちさえ承知してくれれば、紗江子にも再婚の可能性は残っている。老いた母を見捨てるわけではないのだから……。

二

食事が済んで後片付けをすると、紗江子は甘夏ミカンを一つ持って政代のところに戻った。テーブルの真ん中に皿を置き、大きなミカンを二つに割って片方を政代の方に押しや

ってから、もう片方を手に持ってしばらく弄《もてあそ》ぶようにして眺めていたが、やがてゆっくりミカンの皮をむき始めた。彼女の頭の中には様々な思いが錯綜していた。

政代がその様子を見ていて含み笑いをし始めた。そしてとうとう口を開いた。

「紗江子、あんた、どうかしたの？」

「えっ」

紗江子は思わず手を止めて政代を見た。

「何か話があるんじゃないの？」

いつもと変わらぬ母の優しい視線がこちらに向けられていた。

ようやく紗江子は、食事中からずっと口数が少なくなっていた自分に気が付いた。母はちゃんと見ていたのだ。そう思うと紗江子は、ともかく西野彰生のことを話してみようかしらと思った。政代の反応だけでも知りたくなった。

「実はお母さんに、ちょっと聞いておいてもらいたいことがあるのよ」

「それならそうと言いなさいよ。ご飯のときも何だか変だったよ」

何だ、そこまでわかっていたのか、と紗江子は苦笑した。呆けているように見えても、

二

まだ頭はちゃんと働いているんだと思った。

「松尾さんに紹介されて、今日渋谷で西野さんていう男の人とお会いしてきたの。六十歳になる人なんだけど……」

「男の人って、まさか、あんた……」

政代にはあまりに唐突な話だったらしい。紗江子は努めて笑顔を向けて言った。

「そのまさかなんだけどね、お母さんもわたしに、いい人がいたら一緒におなりよ、なんて言っていたし、わたしもそういう機会があればと思ってもいたので、とにかく、松尾さんが間に入ってくれているから、会うだけでも会ってみようと思ったのよ」

「へえ……。で、どうだったの?」

「西野彰生といって、学校の先生をしている人で、とてもいい人、なんだけど……」

思わず紗江子は、政代の表情を見ながら言葉を濁した。政代は真剣な目を向けて聞いている。その目には何かを恐れるような色も感じられた。政代の中に様々な思いが起こるだろうことは、紗江子にも察しが付いた。

「いい人なんだけどね……、どうしようかと思っているのよ」

つい迷っていることを強調する言い方になった。

「学校の先生で、いい人なら、いいじゃないの」

政代はにこりともしないで言った。

「歳はいくつなの?」

「わたしより八つ上の、六十歳よ」

歳のことは最初に言ったのにと思いながら紗江子は答えた。

「そう……。そんな歳の人と……」

政代は何か言いかけて、自分の娘の歳のことも思い出したらしく、無理に絞り出すような声で言った。

「紗江子さえよければいいんだよ。松尾さんが紹介してくれたんだし……。わたしは一人になっても大丈夫だからね。病気でもして動けなくなったら、河田病院に入れてもらえばいいんだし……」

「西野さんには、お母さんのこともいずれは相談することになると思うの。だからこの話は、まだまだこれからの話よ」

「そんなこと言っても、わたしはそう簡単にお世話になるわけにいかないよ。この家があるんだから、わたしはここにいるよ。河田先生にいつでも見てもらえるんだから心配いらないよ」

背を丸くしてテーブルに寄りかかっていた政代が、いつのまにか背を伸ばして真っすぐ顔を上げてしゃべっていた。

## 二

河田病院は家から歩いて五、六分のところにあり、政代も高血圧の治療で何度も通ったことのある病院である。二十年近く前、政代の夫隆信《たかのぶ》のくも膜下出血、そしてその死という不幸が重なった後であり、そして紗江子の離婚騒動が続いた頃も通院したことがあった。政代自身は普段元気であっても、高血圧の症状については折あるごとに河田病院で注意されていた。

その後も政代は毎年健康診断を受けるなどしていたから、河田院長や看護師の何人かとも顔馴染みになっている。だから政代が頼みにしているのは当然で、紗江子にとっても河田病院の存在は心強かった。

「紗江子は子供を育てるだけでも、今まで大変な苦労をしてきたんだから、これからは少しでも楽になるようにしなさいよ」

「でも、お母さんはどうするの？」

「名古屋の道雄《みちお》のところがあんなふうだから頼れないし、わたしも考えたのよ。どこかいい施設があれば、わたしはそこに入るのだっていい……、それに介護制度もあるっていうんだからね。なんとかなるよ」

「それはそうかもしれないけど……。お母さんが一人になることを考えると心配だし……」

道雄は、紗江子の四つ下の弟で、名古屋の近くの町に家を持っている。少年の頃から木工が好きで、大学の工学部を出て家具の製造販売会社に就職した。だが不景気続きで会社の業績が上がらず、今は安月給に喘《あえ》ぐ毎日を送っているらしい。この何年か紗江子のところへは年賀状を寄こすだけだ。

紗江子が思い迷っていると、政代はかえって元気付いたような顔になった。

「そんなことより、考えてもごらん。わたしが死んでいなくなれば、紗江子は一人になって、歳を取れば寂しい思いをするだけじゃないか。ふしだらな男のために離婚する羽目になった女が、一人で生きて行くのは、それだけでも大変よ。惨めだよ。だから、いい人が見付かって一緒になれるのならその方がいいんだよ。そうすればわたしも安心だし……」

政代は、以前も言っていたことを暗記でもしていたように繰り返した。

紗江子はただうなずいて聞いているばかりだ。気が付くと、政代の目にはうっすらと涙がにじみ出ていた。

「ありがとう、お母さん……。もう一度よく考えて決めるわ」

ようやく紗江子が答えると、政代は何度も大きくうなずいた。その顔は今にも泣き出しそうにも見えた。

十五年前の紗江子の離婚が、政代をどんなに悔しがらせ、悩ませたことか、紗江子は政代の話を聞く度に思う。それ以来政代は、紗江子の行く末を心配し続けてきたのだ。一人息子の真一が家を出たままであるのを政代が気にするのも、そのことと関係しているようだ。

# 二

紗江子が離婚したのは、三十七歳のときであった。まだ三人の子供が揃って小学校に通っていた頃だ。

製薬会社の課長をやっていた紗江子の夫は、スポーツで鍛えたスマートな体付きで仕事もよくこなした。その一面、女性社員を食事に誘うのが好きで、そのうちの何人かと深い関係を持つようになったのだ。誰に対しても温厚な対応をすることが得意な夫の態度に誤魔化されて、紗江子は随分長く気付かずにいたのである。夫の帰宅の様子に不審を抱いたことがきっかけとなって浮気が発覚すると、夫は予想外に開き直る態度に出た。夫である自分を軽んじて平気でいる態度に耐えられなかったなどと、どう考えても紗江子の身に覚えのないことまで言い立てた。紗江子は随分苦しんだあげく、ついに離婚を決意して、家庭裁判所に調停を願い出た。

一度決心すると、紗江子は自分でも意外に思うほど、毅然として行動することができた。呼び出しを受けては何度も裁判所に出向いて申し開きをした。そういう場所でときには夫と顔を合わせることもあり、子供の養育を巡っての争いが長引いての苦しい思いや緊張の連続であったが、とうとう一人で耐え通して結審に漕ぎ着けた。子供は一人も渡さずに、養育費は夫側が一定額を支払うことになった。

夫の浮気が発覚してから離婚の決着が付くまでに、一年近くの時間を費やしたのである。女子校から女子短大を出てごく普通に見合い結婚をして家庭に入った紗江子にとって、その離婚の経験は過酷なものであった。しかも彼女には、まだ手のかかる三人の子供が残されたのだ。自分で働いて子供を育ててゆくという気構えを、嫌でも身に付けることになった。

その様子を見かねた政代の考えで、間もなく紗江子は三人の子供を連れて政代のいるマンションに移住し、一緒に暮らすことになった。それ以後政代は常に紗江子を側で見守り、心を痛め続けたのである。離婚の片が付いてからしばらくして紗江子は身体の異常を訴え、結局胃腸病などのために三ヶ月も河田病院で通院治療を受けたのだが、その間も含めて、政代の頑張りがなければ、三人子持ちの紗江子は支え切れなかったに違いない。

そのような気丈な母ではあっても、歳には勝てないだろう。この母の老後のことは自分が見てあげなければならない。紗江子はずっとそう思ってきたのである。

二、三年前、政代が、老人施設や介護制度のことにかなり本気で関心を持っていたことがあった。すっかり健康を取り戻した紗江子に再婚を促すためであった。紗江子もそういう母の気持ちはよくわかったが、現実の自分の立場を考えれば、この歳で今さら再婚などとてもできないと思うばかりであった。

折しも、紗江子の前には西野彰生という男性が現われたのである。善良そうな、願ってもない再婚相手とも言える男だ。その男が、紗江子と二人で織りなす晩年の生活を望んでいる。紗江子が彼に応じれば、心和む老後の生活が実現するかもしれない。そんな候補者が現われるなんて、少し前までは想像もしていなかった。

その夜ベッドに入ってからも紗江子は、暗い天井をいつまでも見詰め続けていた。

今までのように、いたずらに変化を避けてゆくような生き方はしないようにしたい。だが、再婚を実現させて、母も含めた新しい人生を見出してゆくことが可能だろうか。

いくら何でも六十過ぎの男が、相手の母親と同居するような再婚を承知するはずがない。とすれば、やはり母は老人ホームに入ることになるのだろうか。本当に母はそれを望むだろうか……。

再婚を取るか母を取るかの二者択一、と言ったような事態は困るが、自分の希望することと現実のギャップは意外に深いのかもしれない。

出会ったばかりの西野彰生の顔が何度も浮かび、その目の奥を見詰めようとすると、彼の顔は闇に紛れて消えてしまうのだった。

翌日になって、ガスの元栓の修理がなされると、紗江子が呆れるくらいに政代の機嫌がよくなった。夕方に紗江子が帰宅してみると、

「なんだか栓がすごく軽くなったようだよ」

政代はそう言いながらせっせと二人の食事の用意をしていた。

考えてみると、政代自身はほとんど以前と変わっていないのだ。老いの進んでいる事実は争えないにしても、西野彰生に会って帰ってきてから、紗江子の方が必要以上に政代の老化現象を意識したのかもしれなかった。

そう思い直してみると、紗江子は、老い行く母を肯定する気持ちが自然と湧いてくるのを覚えた。

# 二

「健康に美しく老いる」

会社の仲間の誰かが、何かの雑談の折に、どこで仕入れたのかそんな気の利いた言葉を吐いていたのを思い出した。今の政代は、まさに「健康に」老いを迎えていると言えるのではないか。そんな母を温かく見守っていくのが、娘である自分にできることなのだ。

母のことも自分のことも、すべてのことができるだけ自然に、少しでもよりよく進むように、精一杯心掛けていけばいい。何が何でも再婚しなければ生きていけないというわけでもないのだ。紗江子はそう考え直して、何だか心が少し軽くなったような気がした。

## 三

木田紗江子は、目黒にあるOS生命保険会社の支店に出勤し、保険の外交員として働いている。

出勤した日には、ビルの二階にある営業三課の部屋で課長から指示を受けてその日の訪問予定を確認し、必要な資料や書類などを用意して外回りの仕事に出かけるのである。紗江子同様外回りに当たる女性は、松尾良美を含めてこの支店に六人ほどいる。

朝、社屋に到着すると四階建てのビルの裏へ回り、ドア一枚の入り口から入って二階の三課の部屋まで階段や廊下を行く。その間に何人かの若い男性社員とも短い挨拶を交わす。紗江子は、朝のこのわずかな時間の爽やかな緊張感が好きである。

三

営業三課の課長は中島克二《かつじ》と言って、長身で縁なしの眼鏡をかけた一見スマートな男である。だが歳は今年五十五というから、二、三年のうちに定年になるという噂だ。

紗江子が三課の部屋に入って行くと、課長席を離れていた中島が、すぐに彼女を見付けて部屋の向こうからやってきた。

「ああ、お早うございます、木田さん。今日は午後に蒲田方面に回って、三社ほど、訪ねてみてください」

「はい、承知しました」

紗江子は渡された書類に目を通し、すぐに資料の用意をした。

後から出勤した松尾良美が、中島と打ち合せをしてからいそいそと出て行こうとするのを、紗江子は机に向かった姿勢のまま目で追った。良美は今日もまたその小太りの体をフル回転させて街を歩き、生命保険の勧誘に精出すに違いない。彼女の夫は会社のリストラにあって最近退職したというのだが、良美はそんな家庭の事情を少しも感じさせない元気さである。十何年か前に小学生だった一人子を病死させているのだが、もうそんな寂しさは忘れたと良美自身が言っていた。

ドアの手前で良美がひょいと振り向き、紗江子の方を見て目が合うと、小さく手を振って見せた。それを見送って机に向き直ると紗江子は、今日辺りは帰りにきっと喫茶店に誘われるという予感がした。良美の紹介で西野彰生に会って三日経っているから、その後政代とどんな話になっているか、良美も聞きたいに違いない。そう思うと紗江子は少し気が重くなった。

紗江子が良美と知り合ったのは、もう二十年ぐらい前である。同じマンションの棟に住んでいたのが縁で親しくなったのだが、その頃から良美はすでに保険の外交を仕事にしていた。後に離婚した紗江子が適当な仕事を得るのに苦労しているのを知ると、良美は親身になって心配し、結局自分の勤めていたOS生命保険会社の外交員に誘い込んだ。それからもう十年ぐらい、紗江子もこの仕事をやってきたことになる。

紗江子は控えめな性格で押しの足りないところがあったから、研修を経た後も保険の外交という仕事になかなか自信が持てなかった。良美の励ましにもかかわらず、いつまでたってもそれほど実績が上がらなかったが、落ち着いた品の良さと丁寧な仕事ぶりが評価されて、それなりに彼女の働き場所を与えられてきた。

だが仕事は、厳しい現実そのものであることに変わりはない。必死の思いで子供三人を育て上げて後は、紗江子はもう無理をして外交の成績を上げようとせず、母政代の受け取るわずかな年金収入を併せて、二人の生活が維持できればよいと思うようになった。

それでも良美は、紗江子が自分にない美点を持っていると言って、何かというと相談に乗りたがり、仕事の先輩として助言したがった。そして、会社と無関係な他の仲間とたまに行く食事やピクニックにも、紗江子を誘ったりする。紗江子は、そういう良美の存在を時には煙たく思わないこともないが、やはり心の中ではありがたいと思っている。今の紗江子には、良美が唯一の親友と言うべきかもしれなかった。紗江子の数少ない古くからの友人は、たまに手紙のやり取りをするだけで普段は会うこともない。

# 三

外回りに出かける用意が整うと紗江子は、いつもの薄茶色の鞄を持って席を立ち、課長席の前に行った。

「これから行って参ります」

「はい、わかりました。お願いします」

いつも通りの応答であるが、今日も中島課長は精一杯の優しげな笑顔を紗江子に向けてきた。

実はこの笑顔が、この二、三日紗江子の密かに気になっていることだった。ことさら紗江子に向けて用意された笑顔のように思われてならないのだ。課長席に向かうときに少しばかり余計な緊張をするのもそのせいだった。仕事の上でいっそう紗江子の能力が認められたためとは、さすがに考えにくいのだ。

中島という男にはある種の依怙贔屓《えこひいき》がある。紗江子はそれをだいぶ前から感じていた。あるとき良美にそのことを言ってみると、

「あの人はいろいろと気を回す人なのよ。だから木田さんがそう感じたりするのも、彼の立場上のテクニックのせいかもよ」

と言っておもしろそうに笑った。

きっと中島は女性たちの気持ちを摑むのがうまく、それが能力として会社に買われているのだろう。最初にそう言ったのも良美だった。中島はあまり出世欲がなくなったらしく、普段の仕事ぶりに覇気が感じられないのも確かだ。良美は判断が遅いと言ってしばし

ば中島への不満を口にするが、紗江子は良美ほど課長の能力など気にしてはいない。しかしあの笑顔が中島課長のテクニックだなどと言われると、いい気持ちはしなかった。

中島が営業三課の課長として転勤してきたのは四年前で、長身の男前で話もうまかったから、三課の雰囲気は上々だった。紗江子にとっては働きに出て二人目の上司らしい上司であり、やる気満々であった前任の課長よりは少なくとも人物として中島に好感を持った。

## 三

その中島が、転勤してきて二年後に妻を病気で失い、五十三歳にして一人暮らしとなった。そういう中島に、紗江子が多少の同情を持った時期があったことは確かだった。

中島は外交を担当する女性をときどきお茶に誘うことがあって、紗江子も他の女性と一緒に中島から誘われたことが何度かある。場所は大抵隣のビルの地下にある喫茶店である。紗江子は、そういうときのもの柔らかで愛想のいい中島が、次第に嫌になってきた。

それというのも、会社で見るそういう中島の様子が、紗江子に、部下の女性と浮気した前夫のことを思い出させずに置かなかったからだ。実際、中島の人のよさそうな表情につい気を許す女性がいそうな噂も伝わってきた。噂そのものはたわいもない女同士の噂で、真偽のほどはわからなかったが、紗江子は不愉快で仕方がなかった。

そのうちに中島も何に気付いたのか、あまりその種の誘いをしなくなった。その頃ちょうど五十歳を過ぎた紗江子は、中島に誘われなくなったのはその年齢のせいもあるかのように思われて、それはそれで内心で妙な落胆をさせられた覚えもある。

その中島が、最近になって、紗江子に何かしら特別なサインを送ってきているようでもあるのだ。あの笑顔の意味はなんだろうと考えてもわからず、一面で中島が以前に比べればずっと遠慮がちな態度でもあるだけに、何かあったのかしらと気を回してみたくなるのであった。

その日に予定された訪問先の仕事を終えて、紗江子が目黒の支店に戻ってきたのは午後四時を少し回る時刻だった。中島課長に必要な報告をしに行くと、中島は普段通りの応対をしただけであった。

紗江子は自分の席に戻って帰り支度を始めた。そのとき後ろから肩を叩かれ、はっとして振り返ると、ちょうど外回りから戻ってきた良美だった。

予想していた通り、良美は喫茶店に彼女を誘った。間もなく二人はタイムカードを押して外に出た。駅の前にあるコーヒーの安いセルフサービスの店が、二人の行き付けの店である。

## 三

「西野さんのこと、お母様とお話ししたんでしょう?」

いつものコーヒーを受け取って席に着くと、良美はすぐに切り出した。

「で、どうだったの?」

「話すことは話したんだけれどね。でも、母は前と同じようなことを言うだけなのよ。母も急に歳を取ったような気がするし、本心はどうなのかと、つい考えてしまうわ」

浮かれた様子もなく答える紗江子の顔を、良美はまじまじと見詰めていた。良美とて、紗江子の母親には面識があるし、老母を思う紗江子の心配がわからなくはないのである。

「それで、あなたどうするの? 西野さんいい人なんでしょ?」

良美は紗江子の顔をのぞき込むようにして言った。

西野彰生は一見してあまり風采の上がらない男だから、最初から惚れ込むというほどの情熱が湧いてこないのは仕方がない。良美はそう理解しているようで、しきりと人物のよさを強調しようとする。

紗江子は、彰生の人柄については特別不満を感じなかったものの、老いの衰えを見せ始めた母親を抱えた身では、一挙に再婚へ踏み出せる状態ではない。そういう自分の迷う理由を、今さら、あまり詳しく良美に説明するのも気が引けた。と言うよりも、このまま破談にしたくないという気持ちが強かった。

「一応、しばらく西野さんとお付き合いしてみようと思っているの」

「そうね、ぜひそうなさい」

紗江子の返事を聞いて、良美は満足そうにうなずいた。そして丸い顔を一段と輝かせて言った。

「案ずるより産むが易しよ。お母様のことも、お二人で相談すれば、よい解決策も見えてくるかもよ。あなたはあなたの幸せを目指すことを忘れちゃだめよ」

紗江子は良美の言葉にうなずいた。

彼女の現状を、良美にわかってもらえたのがうれしくもあった。再婚ということに対しては迷う部分が残るものの、西野彰生との交際を続けたいという気持ちがいっそう増した。

# 三

良美は上機嫌だった。彼女は政代の考え方もよくわかっているつもりでいた。だから紗江子自身が踏ん切りを付けるのが第一であると確信していた。

「わたしたちはもっと、自分のことに積極的になるべきよ。人生は長いようで短いの。何もしないでいれば、ますます何もできなくなって、歳を取るだけで終わってしまうのよ」

「そうね。気持ちの持ち方が大事だと、この頃わたしもつくづく思う」

紗江子の頭の中には、家で見る政代の姿が浮かんでいた。気を働かせて何かをやっているときの政代はあまり衰えを感じさせないが、ふさぎ込んで動かないときはひどく老いた姿に見えてくる。

「母を見ていても、ときどきそう思うわ。歳を取ったら、進んで体を動かしたり、刺激を求めることも必要じゃないかしら」

「そうそう、刺激。刺激よ」

と良美は我が意を得たりという顔をした。

「何でもそう。セックスもそうなの。お互いにそれを求め合うことが大事なの。若さを保つ秘訣というわけね。あなたも、そういう意味でもっと積極的になるべきよ」

彼女は紗江子を鼓舞するように言った。

紗江子は改めて良美の血色のいい顔に見とれた。そして良美の夫が、リストラで退職の憂き目に会ったとは言いながら、少しも落ちぶれたふうもなく、元気そうに別のアルバイトに通っている姿を思い浮かべた。夫婦仲も最近は随分とよさそうなのだ。以前は夫を馬鹿にするようなことも言っていたのに、と紗江子は、何だか焼き餅を焼きたい気分にもなる。良美は紗江子より歳は上だが仕事はいつも張り切ってやるし、ぼんやりしていると紗江子の方が早く老け込んでしまいそうだ。

良美はここぞとばかりに、自分の知る例を挙げて話し出した。

紗江子と同じように夫と離婚した五十歳間近の女性が、アルバイト先の関係で五十半ばの男性と知り合った。その男性も妻と離婚して何年も一人暮らしを続けていた。彼女の方は再婚して安定した暮らしをしたいと思っていたので、彼と一緒にいるときに、自分の家庭的な面を強調するように心がけた。だが彼の方がいつまでも再婚を迷っていた。ある日、二人で軽く酒を飲んで食事をした後、彼女は、彼がいつになく積極的な気持ちを見せるのを感じた。彼女は思い切って彼に対する愛を告白し、彼も応じたので、二人はそのままホテルに行き、初めてベッドを共にした。そのことがきっかけになって話は一気に進み、それから間もなく二人は結婚した——。

「そんな歳でホテルに行くなんて、驚いたわね」

紗江子が上気した顔で言うと、良美は、

「そんなことで驚いていてはだめよ。わたしたちの体はまだまだ若いの。そりゃあ男性だって、若いときと同じというわけにはいかないでしょうけどね。でも、その歳なりのペースでやれば、楽しむことはできるのよ」

そういう「若さを保つ秘訣」に類する話は、同じ会社の女性仲間ともよくするが、大抵はその場限りの雑談に過ぎない。しかし良美の話は紗江子を元気付けようとして一生懸命なので、紗江子も思わず耳を傾けようとしていた。

「何事も働きかけが大事よ。働きかけによって、事態は必ずよい方向に向けることができるの。お相手様の心を引き出してあなたが上手に応じていくべきよ。おわかりでしょ?」

良美は、保険の外交に携わる自分たちの仕事の心得に引っかけて言い、愉快そうに笑った。

# 三

紗江子もつられて笑ったが、良美の話し振りが自分の気持ちと少しずれているような感じもした。

紗江子は、自分のような歳で再婚するとなると、そんな感情的なものだけではとても決められないと思うのである。親や家庭の事情がどうしても絡んでくるのだ。良美の善意を疑う気持ちはないが、彼女の話し振りに何かしら軽薄なものを感じてしまうのだった。

三十分ほどで喫茶店を出ると、自宅が品川にある良美と目黒駅のホームで別れた。

紗江子は、家にいるときは母の政代に従い、会社に出ればいつも何となく良美を頼りにしてきた。そういう過ごし方が癖になっているのかもしれない。いつまでもそんなことでは再婚もうまくいきそうにない。今度こそは自分でしっかり考えようと彼女は思った。

夕方のラッシュ時に入った電車の中は、サラリーマンや学生でほぼ満員だ。紗江子のすぐ横で会社員らしい若い男女が三、四人顔を寄せ合って、この後の予定のことなど楽しげに会話していた。

紗江子は、西野彰生は今ごろ何をしているだろうと思った。同じように勤め先から帰途に就いているのだろうか。彼と再婚すれば、そこには夫婦相添う楽しみや幸せが求められるのかもしれない。それは案外に平凡な老後の生活そのものなのだろうが、この都会でそういう生活ができるとすれば、紗江子にとって夢のようだ。

再婚を望む気持ちに嘘はないのだから、母を見捨てずにそれを実現させたい。それはかなりの困難を伴いそうだが、前の夫と縁を切るために粘り強く闘ったのだから、今度は逆に、新しい縁を求めて粘り強く、行けるところまで行ってみたい、と紗江子は思った。自分の中にまだ熱い血があるのを感じ、彼女は思わず電車のつり革を握りしめていた。

三

西野彰生から電話があったのは、それからさらに二日後の夜のことである。紗江子が受話器を置いてリビングのソファーを見ると、政代はテレビを点けたままで居眠りをしていた。それで紗江子が政代に話したのは、翌日帰宅してからだった。

「明日の夕方、西野さんと会う約束をしたんだけど、出かけていいかしら?」

「西野?」

政代はいぶかしげな顔をした。だがすぐに頰が緩んで、

「ああ、紗江子がこの前、渋谷で会ってきたという男の人? それで、いつ? どこへ行

くの?」

政代はとぼけたような顔をして聞き返した。明日とはっきり言ったのに、それが耳に入っていないのなら仕方がない。以前の紗江子なら政代が人の話を聞いていないことをすぐになじったものだが、今はそういう気持ちにはなれない。

「だから明日よ。明日の六時に西野さんと渋谷で待ち合わせて、たぶん、一緒に夕食をすることになると思うのよ」

「一緒に夕食をすることになるの?」

オウム返しに言って、政代は紗江子の顔を見詰めた。

「それで紗江子、家には帰ってくるんだね?」

「もちろんよ」

紗江子は思わず大きな声を出し、途端におかしくなって笑い出した。親はいくつになってもそんな心配をするのかと思ったのだが、政代の目に心細そうな色のあるのに気付くと、紗江子は胸を打たれた。

「できるだけ遅くならないようにして、必ず帰ってくるわよ。娘を信用しなさい」

三

わざと冗談めかして紗江子は言った。

「それなら行っておいで」

と言った後、政代はにこにこし出して続けた。

「たまには楽しんできなさい。遅くなりそうだったら電話をしてよ」

母親らしい目で紗江子を見た。それからいつになく、自ら念を押すように言った。

「わたしは一人でちゃんとやれるから大丈夫」

「うん、わかったよ」

紗江子は涙ぐみそうになり、慌てて、食事の片付けをするために立ち上がった。

明くる日は朝から初夏らしく晴れて気温も高く、紗江子は明るい色のブラウス姿で家を出た。夕方に渋谷で彰生に会うことを念頭に置いて、髪型にも注意して化粧しておいた。

目黒の支店に出社すると、いつものように外回りに出る用意をしたが、紗江子はその間ずっと中島の視線が気になっていた。普段と違う何かを感じた。

紗江子が外回りに出かけようとして中島の机の前に行くと、

「ああ木田さん。今日はなかなかよい感じですな」

中島はしげしげと紗江子の容姿を見詰めてきた。紗江子が答えようもなく黙っていると、

「成果があるように期待していますよ」

中島はそう言って磊落《らいらく》な笑いを見せ、軽く右手を上げて彼女を送り出す仕草をした。

紗江子は道を歩きながら、その中島の態度や顔がなかなか頭から消えなかった。何となくわざとらしいその態度の中に、どんな意味が隠されているのかと思った。そのうちに何だか腹立たしくなってきて、彼女はそれを振り捨てようと足を速めた。

夕方に目黒の支店に戻ると、紗江子はすぐにその日の訪問の結果を中島課長に報告した。新しい契約が一つ取れていた。こういう日は紗江子も気分がよい。何も成果がないと余計に足腰の疲ればかりを感じてしまうのだ。

「いやあ、今日は木田さんに、何かいい成果があるような気がしていたんですよ」

中島は、紗江子の渡した仮契約の書類にざっと目を通してから、顔を上げて満足そうな笑みを漏らした。そして少し声を落として、

「木田さんには、僕はちょっとお話ししたいこともあるんですよ。できたら今日、この後

ちょっと遅くなるけど、ご都合はどうですか？」

意味ありげに紗江子の顔を見上げた。

「わたし、今日は予定がありますので、明日というわけにはいかないでしょうか……」

紗江子は当惑して言った。

「ああそう。いいですよ、それでも」

中島が意外にあっさり言ったので、紗江子はそのままにして社を出ることにした。だが、朝会社を出るときの中島の様子も思い出し、いったい何の話なのかと気になった。

自分の席を立ってドアに向かって行きかけ、向こう側の松尾良美の席に目をやると、良美はそれを待っていたかのように紗江子に向かってウインクをした。良美は良美で今夜の紗江子の行き先を想像しているのだ。紗江子は「お察しの通りよ」と言うつもりでウインクを返した。そして良美の笑顔を目にすると、紗江子の気分もようやくすっきりした。

支店を出るとき、紗江子は携帯電話を出して政代にかけた。

「お母さん？　昨日話したように、今日はわたし、西野さんに会うから、夕ご飯は一人になるけど、よろしくね」

# 三

「朝もそう言っていたじゃないの。わかってるよ、行っておいで」

政代が笑いを含んだ声で言った。政代に笑われたことによって、紗江子はかえって安堵するのを覚えた。

「ともかく今夜は、西野さんと心おきなく、お付き合いをしてみよう」

電話を切ると彼女は頭の中でつぶやいた。なんだか自分が少しずるいような気もしたが、今日は母に許してもらおうと思った。

## 四

公園通りの歩道から地下に行く階段を降りて、「ルノアール」の店内に入って行くと、紗江子が予想した通り、西野彰生はすでにきていて、左手の方のテーブルから一心に入り口の方を見ている彼の目に出会った。

「お待たせしてごめんなさい」

四

紗江子は微笑んで、彰生の向かいに腰を下ろした。

彰生は、夏物らしい薄いグレイのジャケットの下に濃いブルーのシャツを着たノーネクタイ姿で、顔はすでに上気して輝いていた。

「この席がわかりにくいんじゃないかと思いましたが、そうでもありませんでしたね」

彼はうれしそうに言った。

紗江子はベージュのブラウスを身に着け、髪はさりげなくカールした髪型で、化粧もあっさりしているが、どことなく上品な感じを漂わせている。その様子を彰生がほれぼれとしたような目で見ていた。彼女はそれほど見詰められるとは思っていなかったから、内心で緊張もしたが、決して悪い気分ではなかった。

さっそく二人はホットコーヒーを注文した。

「渋谷の街って、この時間になると、ほんとに街中が人でいっぱいなんですね。驚きましたわ」

紗江子が、ネオンのちらつき始めた渋谷の交差点を渡ってきながら今し方感じたばかりのことを言った。

夕刻過ぎになってからこんな繁華街に一人でやってくるなんて、かつての紗江子にはあり得ないことだ。しかもその渋谷の街で、こうして喫茶店で男と向かい合っているのだと思うと、紗江子はなんだか落ち着かない気持ちだった。

「この辺りは夜遅くまで、それこそ不夜城みたいなものでしょう。僕も、若い頃は友達と何度も渋谷に出てきたことがありますが、その頃とは雰囲気も随分違うようです」

彰生が親しんだ昔の渋谷は、安い飲み屋とパチンコ屋と、そして映画館の街だった。今よりずっと暗くていかがわしさに満ちていて、妖しげな風俗店も多く、ちょっと坂を上って街の奥に入っていけば連れ込み用ホテルの連なる迷路があったが、当時学生で金のなかった彼には、いずれにしてもそれらは無縁だった。彼が教員になって就職した中学校は田《た》無《なし》にあり、以後定年を迎えるまで住んだ場所も三多摩《さんたま》方面だから、都心の方にはたまに出てくる程度だった。今は清瀬から西武線で池袋の中学校まで通勤する身だが、最近は人付き合いも狭くなり、生来遊び好きというわけでもないので、紗江子との縁がなければ、わざわざ渋谷に出てくることもなかっただろう。

そんな話をして、彰生はいつになく能弁だった。紗江子は、男の若い時代の話を聞くのが新鮮で、自然と興味が湧くのを覚えた。

紗江子自身は自宅と同じ杉並区内にある短大に通い、卒業すると、父の知人の経営する文具卸の会社で事務の仕事を三年ほどやってから、じきに見合い結婚をしたから、つくづく世間慣れしていない自分の狭さを感じていた。前の夫がいかに外向きばかりよくて、妻である自分を侮っていたか、離婚という事態になってから思い知ったのだった。

「いや、僕だって、中学校の教員をしていただけですから、どうも世知に疎いようで、駄目なんです」

彰生も、つい正直に自分の弱点を言った。

一時間近く互いの仕事や趣味の話をしてから、二人は喫茶店を出た。

空腹感を共有して親しみが増し、どこで食事をしようかと話しながら、彰生はそっと紗江子の手を握った。紗江子もそれに応じて心持ち肩を寄せた。互いの腕の感触が心地よかった。紗江子も久し振りで男の腕の感じを味わう気分だった。

公園通りを少し上って行ったところで、彰生は白い大きなビルの中に紗江子を誘った。あでやかなファッションをまとったマネキンの立ち並んだ一階の店内を見回してから、エレベーターで最上階のレストラン街に行き、洒落た構えの和風レストランを選んで入った。

薄赤い光に照らされた丸テーブルの席に案内され、二人は斜めに向かい合った形でゆったりとした椅子に着いた。店内は存分に空間を設けた贅沢な造りで、隣のテーブルの男女の声も聞こえぬほど、静かで落ち着きがある。カウンター席に客の姿はなく、丸テーブルの間を行く若いウエイターは、絨毯の上を滑るように歩いて何の物音もしない。柔らかな光に埋められた店内を見回していると、何だか夢見心地に誘われていくようだ。

「すばらしいわね。わたし、こんなお店、入ったことないわ」

紗江子が感嘆して言うと、

「ええ、ええ、僕も初めてです」

彰生も思わず言った。年甲斐もなく、彼の胸は動悸を感じていた。

その前の喫茶店を出るときに、彰生は、

「今日の食事は僕に任せてください」

と紗江子に言ったのだ。彼は最初からそのつもりでいたので、渋谷に早めにきてこの店の見当を付けておいたのだが、店内には入って見なかったし、メニューを細かく調べたわけでもなかった。

ウエイターがきて、広げたメニューをそれぞれの前に置いて立ち去った。彰生はもはや驚くふうも見せず、メニューの初めの方に記されたコース料理を、二人前注文することにした。

「あの、ほんとにいいんですの？」

と紗江子は、値段を見て不用意に口に出してしまい、我知らず赤面した。彰生も、そんな高額なコース料理を街の店で食べた記憶はなかったが、店の入り口に掲げられたメニューを前もって見ておいたから、選ぶのに迷う必要がなかっただけだ。

「ええ、いいんです、もう、入っちゃったんだから、ここでゆっくり過ごしましょう」

そう言ってから彰生は、「もう入っちゃったんだから」などと我ながら愚かな言い方をしたと気が付いて、苦笑した。紗江子も顔を赤らめておかしそうに笑った。

そんなことから「お里が知れた」感じで、二人はいっそう打ち解けた雰囲気になった。それぞれの家庭のことや仕事のことなど、取り留めのない会話が続いた。

# 四

料理は一つ一つ、手作りの凝った器に盛られて運ばれてきた。刺身、煮物、焼き物、漬け物と、すべて日本料理には違いないが、フランス料理を思わせるような手の込んだ味付けで、あしらい方も添え物も工夫が凝らされていた。ウエイターに勧められて注文したグラスの赤ワインが、殊《こと》の外《ほか》合うような気分になるのも不思議なほどだった。

「もうだいぶ前ですが、妻の病気がよくなったとき、フランス料理が食べたいと言うので、予約して家族四人で食べに行ったことがあるんです」

と彰生が話した。

「フランス料理なんて初めてだったし、コース料理というのも知らないに等しかったから、息子たちは運ばれた料理をたちまち平らげてしまって、特別会話もなくて、いらいらしているうちに終わってしまったような覚えがあります」

紗江子は笑って、応えた。

「食べ盛りの息子さんたちには、何だかもの足りないかもしれませんわね。わたしは、高校を出るときに、テーブルマナーの講習会みたいなのを受けたんですけど、どれだけ役に立ったのかわからないし、第一、もうあまり覚えてませんもの」

四

その店を出てから、二人はまた手を握り合って夜の街を歩いた。紗江子のブラウスの腕を通して伝わる体温の心地よさに、彰生は酔いしれるような気分だった。

公園通りを少し上って左に折れると、今度は弧を描いて緩やかに下る坂道の歩道を行く。するとまた、下からの光に照らされて闇の中に浮かんだような大小のビルの谷間に入って行って、様々な色のライトが錯綜する中で喧噪の渦に包まれて行く。人いきれを感じるほど多くの人が街を埋めているのに、話し声は風に鳴る草原の音のように低いざわめきとなって流れてくるだけだ。

行き交う人はほとんど若者のようだ。それぞれに奔放な服装で夜の街に溶け込んで、路上をゆらゆらとして歩を運び、あるいはそこここにたむろし、座り込んでささやくような声を交わしている。それらの間を通り抜けようとして、大小の乗用車が遠慮がちな音を響かせてゆるゆると動いていた。この夜の街だけは別天地なのだと、誰も彼もすっかり了解しているかのようだ。

二人は若者たちの姿に一々目を奪われては、感嘆したり溜め息をついたりした。互いの腕だけはしっかり組んで離さなかったが、まるで茫然として歩いているような気分だった。

大きなゲーム館のビルの入り口が開かれていて、数人の若者が低く笑い合いながら出てきたかと思うと、何ごとかささやき合いながら別の若いカップルが中に入って行った。

「ちょっとのぞいてみませんか？」

紗江子が興味深そうに言った。

建物の中は薄暗く、様々なゲーム機が様々な向きに置かれていた。そしてゲーム機のところだけが明るく輝き、何人かずつ人がたかってうごめき、ゲームに熱中していた。

十年ほど前に彰生が通っていた中学校で、学校にこないでゲームセンターに入り浸っていた子がいて、彰生は他の教員と連れ立ってそのゲームセンターに行ってみたことがあった。そのときの不健康で暗い印象を思い出し、彼は嫌な気がした。だが紗江子と一緒にいるという意識がそういう嫌な思いを抑え付け、むしろゲームをする若者に彼を近付けようとするかのようだ。

「あら、コリントゲームみたいだわ」

四

紗江子が彼の腕を放し、一つのゲーム機に近寄って行った。彼女の顔が懐かしそうに笑っている。彰生も側に行ってのぞいて見ると、なるほどコリントゲームというのに似ていて、彼も幼い頃にどこか親戚の家で遊んだ覚えがあった。

「わたし、子供の頃、こういうゲームが好きで得意だったのよ」

紗江子が言って彰生に腕を絡ませてきた。その仕草はまだどことなくぎこちなかったが、彰生も自然に彼女に体を寄せて行くことができた。

そこを離れると、彼女はときどき彼を振り返って笑いかけたりしながら、次々と並んだゲーム機を見て回った。その様子は浮き浮きとしていて楽しそうだった。彰生も彼女に引き込まれて動き回り、年甲斐もなくと言いたくなるような、もう一人の自分がいるような気がした。

何人もたかっているゲーム機は遠慮して近寄らなかったが、高校生ぐらいの茶色い髪の女の子が二人、ひどく楽しそうにしているのを見付けると、紗江子は彼の腕を引っ張って行った。横に立ってのぞき込んでみると、今はやりの追い駆けっこのようなゲームらしい。

二人の茶髪はちらっとこちらを見た切り、相変わらず互いに指でボタンを操作しながら夢中になっていた。だがそのうちにぴたりと手を止めて、じろりとこちらの二人に目を向けてきた。いかにも邪魔者を見下す濁った目付きだ。作り睫毛と濃いアイシャドーがその目をどぎつく縁取っている。

彰生も紗江子も驚いてすぐにその場を離れた。隣のゲーム機にいた若いカップルも、手を止めて疑わしげにこちらを見詰めている。二人は急に、何だかいたたまれぬような気がしてきた。この場所に不似合いな人間とでも見られたのに違いない。先ほどまでの浮き浮きした気分も消えて、二人はもとの歩道に飛び出した。

「あんな目付きをするとは思わなかった」

「すごい睫毛だったわね」

二人は顔を見合わせて言い、それから何だか無性に愉快になって笑った。お伽噺《とぎばなし》の世界にでも入り込んでいたような感じだった。

いつ果てるとも知れない夜の街のざわめきに追い立てられるように、二人は急ぎ足になって歩き続けた。やがて前方に、駅前のスクランブル交差点が見えてきた。

## 四

紗江子の手を握った彰生の手が汗ばんでいた。この夜の街にこれ以上深入りするのは、二人にふさわしくないことだ。

彰生が横を見ると、紗江子は何事か考えてでもいるように俯いて歩いている。まだ時間はそう遅くはないはずだと思い、彼は左手の腕時計を見ようとした。

「あら、そんな時間に……」

紗江子が脇からのぞいて言った。彼の時計は九時十分前を指していた。

「あまり遅くなると、お母さんが心配なさるんですね」

彰生が気が付いて言うと、紗江子はにっこりして、大げさな仕草でうなずいた。

「いつまで経っても娘だと思っているみたいなんです」

愉快そうに笑った彰生の目の先に、「マイアミ」という喫茶店の看板が見えていた。

「それじゃ、だいぶ歩いた後だから、ちょっとそこでお茶を飲んで行きませんか？」

紗江子がすぐに賛成し、二人は人の波に入って行って交差点を渡った。渡って行きながら彰生は、今夜の自分の振る舞いがすべて自然に、うまくいっているような気がしてうれしくなった。

「マイアミ」という店は、「ルノアール」と同じように細い階段を降りて行った地下の店で、店内は広々として明るかった。

「レモンスカッシュにしませんか？」

メニューを見て彰生が言うと、紗江子も同意して、感動したように言った。

「レモンスカッシュなんて久し振りだわ」

彰生にとってもそれはとても懐かしい名前だった。その酸味の強い甘い味と共に、学生時代のほろ苦い思い出まで湧き出てきそうな気がした。彼にも喫茶店で味わった片思い程度のことはあったのだ。

レモンスカッシュのストローに口を付けながら、二人は快い疲れを分かち合った。

「今日僕は、木田さんと一緒に過ごせて、とてもよかったと思います」

彰生が言って、紗江子の顔を見た。

「ええ、ほんとに、久し振りにわたしも、すごく楽しかったわ」

「僕もとても楽しかったし、別に歳を忘れるわけではないけれど、生きる元気が湧いてくるようで、何というか、これからの毎日に、新しい希望が湧いてきたような気がしてきました」

彰生は自分の顔が火照ってくるのを感じた。彼はもっといろいろと自分の思いを話してみたくて仕方がないのだが、言葉がなかなかうまく出てこないいらだちを感じた。

紗江子は答えようもなく、レモンスカッシュのストローに口を付けた。

「もし木田さんと一緒になれれば、僕の人生はすばらしいものになると思います。もちろん、木田さんにもそう思ってもらえるように、必ずします。そういう自信が、あります」

彰生は頭にあることを、今すべて言わなければならないような気がした。自分の声がうわずっていると感じたので、気を落ち着けようとして何度もつばを飲み込もうとした。

「僕は、今さらこんなことを言うのもなんですけど、病弱の妻を抱えて、随分いろいろなことに耐えて、今まで頑張ってきたんです。木田さんに出会えて、何というか、そういう今までのことが報われるんじゃないかというような、そんな気がするんです」

紗江子は、彰生の言い続けるのを止めないではいられなくなった。

「あの、そう言って頂くと、とてもうれしいし、わたしも同じ気持ちと言ってもいいんですが、ただ……」

# 四

自分の気持ちにも逆らうようで、紗江子はなかなかうまく言えなかった。

彰生は紗江子を見詰め、手に持ったレモンスカッシュのグラスをテーブルの上に置いた。

「ただ、まだいっぺんに結婚とまでいきにくいような、解決しなければならないこともあるんです。それをわかって頂きたいんです」

「お母さんのこと？」

彰生はすぐにそう言ったが、彼はそれほど心配しているわけではない。松尾良美から聞いた話によれば、紗江子の母親は娘の再婚を強く望んでいるはずであった。

「はい、それもあるんですけど……」

紗江子は言葉を濁した。彰生の話を聞きながら気後れするような自分を、彼女はどうしたらよいのかわからないのだった。

「それはわかります。今までまったく別々に、家庭も持って生きてきたんだし、そう簡単には進まないと……。僕にも、まだあなたにいろいろ話すことがあると思いますし、あなたもどうか、何でも話してください」

「はい、ありがとうございます。よろしくお願いします」

紗江子は素直に頭を下げた。

「僕の方こそよろしく……」

彰生も頭を下げて言った。

二人は「マイアミ」を出ると、エスカレーターで渋谷駅の井の頭線改札口に行き、そこで別れた。別れ際に彰生は紗江子の手を握り、

「この次は、またどこか別の場所に行きたいですね?」

紗江子はにっこりとしてうなずいた。

## 四

紗江子が自宅のあるマンションに着いたとき、時間は十時をだいぶ回っていた。

ドアを開けると、灯りは点いていたが何の物音もしない。リビングに入って行くと、政代がテレビを点けたままソファーに突っ伏して眠っていた。

「ごめんなさい、遅くなってしまって……」

声をかけると、政代はすぐに目を覚まし、半身を起こして、

「どうしたの？　どこへ行ってきたの？」

寝ぼけたような声で言った。

「渋谷よ。西野さんに会ってきたのよ」

紗江子はわざと大きな声で言いながら、向かい側の椅子に腰をかけた。

政代は「西野」と聞いて、我が娘の上に起こりつつある事態を思い出した。

「それで、どうだったの？」

「ビルの上にあるレストランで、いろいろ話しながら一緒に食事をして、その後で、二人で渋谷の街を散歩したの。若い人たちでごった返しているという感じで、すごい人出だったわ」

紗江子の顔が、政代も最近見たことがないほど、生き生きと輝いているように見えた。

「散歩って、夜の渋谷を歩いたの？」

「そうよ。結構歩いたような気がするわ。渋谷って坂が多いのね。知らなかったわ」

「それで、西野さんはどうなの？」

「どうって、そう簡単には決められないわ」

## 四

紗江子は話を切って立ち上がり、キッチンに行って二人分のお茶を用意した。今政代にあまり踏み込んできてもらいたくないという感じがあった。

紗江子が湯飲みを載せた盆を持ってリビングに戻ると、政代は急ににこにこし出した。

「紗江子、そりゃそうだよ。西野さんて、先生をやっていたという人なんだし、気難しいところもあるんじゃないの？　そういう人って、一緒になってから、気の合わないところがいろいろ出てきたりするもんだよ」

政代がそれとなく反対を表明しているように見える。紗江子は少し衝撃を覚えた。

「そうかしら……」

「紗江子はどう思うの？」

「いい人だと思うけど……、でも、西野さんは自分でも認めていたけれど、確かに世間知らずみたいな感じはあるなあ」

「紗江子がそう思うの？」

政代はわざとおかしそうに手で口を押さえた。

「何よっ」

紗江子は口をとがらせて見せた。

紗江子は今でも母の政代には、何かを言われた拍子に、首根っこを押さえられているかと思うようなことがあるのは事実だ。その度に、人の世の厳しさを舐めてきたという点では、母に叶わないのだろうと思った。

「わたしも、そう無理をするつもりはないから、お母さんはあまり心配しなくてもいいわ」

紗江子がそう言うと、政代は、

「それならいいけど……」

と娘の顔を窺い、またすぐにこうも言った。

「でも、何もわたしに遠慮することはないのよ。紗江子がいいと思えばいいのよ」

「わかってる、わかってる」

紗江子は湯飲みを置くと、着替えようとして立って行った。今夜はもうこれ以上母との話を続けたくないという気がした。

政代は、ゆっくりと立ち上がって、二つの湯飲みを持つとキッチンの流しに向かったようだ。

これでまだしばらくの間は、母との間にそう大きな変化は起こらないだろう。紗江子はそう思って、安堵するというよりもむしろ何となく落胆するような気分だった。

紗江子は、自分が再婚することに決めたと言えば、母は案外あっさりと承知するのではないかと思った。以前から政代自身が言っていた通りに、老人ホームに入ることになるかもしれない。娘のことにはもう一切口出ししないと覚悟を決めて――。

そんな想像はできても、今は紗江子の方に、より大きな迷いが生じているのも確かだった。

仮に政代が老人ホームに入ることになっても、それがそのまま政代を見捨てることにはならないだろう。しかし、年老いた母親の身の振り方も含めて、何もかも紗江子が決めて進まなければならないとすれば、そうまでして再婚する意味があるかどうかわからないのだ。

# 四

西野彰生という男は見たところ風采の上がらぬタイプだが、何より一緒にいて安心感の持てる人柄を感じる。優しさの反面で頼りなさもなくはないが、良美が言ったように身も心も健康な人には違いない。むしろ少年のような元気さを、紗江子は感じたほどだ。彼のような男となら老後の伴侶として一緒にやっていけるかもしれない。母が承知しさえすれば、再婚は可能なのだ。

そう思いながらも、ますます後ろ髪を強く引かれるようで、濃い靄《もや》に包まれて行くかのようだ。

鏡台に向かって化粧を落としているうちに、紗江子はなぜか、涙の込み上げてくるのを感じた。彼女は我知らず手を止めて、鏡に映る自分の顔を見詰めた。

もう何年も保険の外交員をしているから、仕事に出る日には化粧にも気を遣ってきた。それでも厚化粧にするのは嫌で、少しぐらい皺が目に付くのは仕方がないと思っていた。自分の顔は地のままでもそう人に悪い印象を与えるはずはないと、鏡の前で自分に言い聞かせてきた。昔はこれでも十人並み程度の自信はあったのだ。しかし、いつまでも若さと美しさを保って人の心を引き付けるなんて、とてもできない。どう争っても、目元や頬の端に寄った皺の醜さは増すばかりだ。

西野彰生は、果たしてこのあるがままの自分を、認めてくれているのだろうか。女としての自分に、魅力を感じるのだろうか。それとも、彼はただ、家庭的な同伴者を求めているだけなのだろうか……。

熱心な、と言うより熱烈な、と形容したくなるような今夜の彰生の言葉であったが、今思えば、それは正直過ぎてむしろ独りよがりな言い方だった。それを聞いて結婚を決心するというわけにはいかないことを、紗江子は今改めて思う。今夜二人の親しみはいっそう増したが、同時に、二人の間に存在するいくつかの溝にも気付かされた。本当にわかり合うということはなかなか難しいものだ、と紗江子は思った。

化粧を落とした自分の顔が、なんだかひどくくたびれて見えるのに耐え切れず、紗江子は思わず目を伏せた。

## 五

西野彰生は週末を待ちかねたようにして、土曜日の朝になると庭に出て草むしりを始めた。四月になって以来毎週のように通っていた近所の碁会所も今日は休んで、天気のいいうちに庭の掃除をしようと思ったのだ。

一人暮らしに慣れたのはいいが、いつの間にか庭が荒れていたのも構わず放置していた。数日前になって、彼はようやくそのことに気が付いたのである。

今彰生の頭は、何かに付けて木田紗江子のことを思わないではいられない。まだいつになるかわからないが、彼女がこの家を訪れる日がくるに違いない。いやもしかすると、それは案外間近なのではないか。そんなことが頭に浮かんできて、家の周囲の乱れが急に気になり出したのもそのせいなのである。

彰生は、紗江子と渋谷で会ってレストランで夕食を共にした日のことを、四日経った今でもありありと思い浮かべる。テーブルを中にして向き合い、互いの思い出話を挟みながら様々な話題が交錯して、彼女はよく笑い、彼の話によくうなずいた。淡い光線の中に浮かんだ彼女の顔が、最初の印象よりずっと若々しく感じられたし、彼自身もいつになく活発に話し続ける自分を感じた。

その翌日に紗江子の声が聞きたくなって、宵の頃に彰生が電話をしてみた。受話器を通して聞こえた彼女の声は意外に緊張しているようだったが、応対するうちに彼の電話を喜んでいるのがわかった。こうして今、彼女の微笑みや腕の温もりを思い出しても、彼は言いようのない幸せな気分になる。

こんな気持ちを味わうのは、六十を越した彼の人生の中でも初めてであるような気がする。まさか今頃初恋でもあるまいに、と思って、彼は一人で照れ笑いを浮かべた。おとなしい平凡な少年に過ぎなかった頃以来、どう探してみても恋愛と言えるほどの経験はなきに等しいのだ。

# 五

庭の草むしりをしながらも、彰生の頭の中は紗江子のことばかり考えていた。

不意に、頭にごつごつと当たるものを感じ、首を縮めて見ると、彼はいつの間にか、庭の端のオオムラサキツツジの下にまで潜り込んでいたのだ。根から分かれて幾筋も伸び広がったツツジの枝が彼の頭の上にあった。驚いて後を振り返ると、夢中になって草をむしりながら進んできた跡が野中の道のように残っていた。

自分の様が滑稽に思われて彼は思わず笑った。だが他に誰も笑う者はいないので、彼は中途で笑うのを止めた。辺りには、休日の午後の静かな時間が流れているだけである。

庭中這うようにしてむしり取った草をすっかり片付け終わったのは、昼になる頃だった。立ち上がって腰を伸ばして天を仰ぐと、かなりの肉体労働をした後のように筋肉の疲れを覚えた。

同時に空腹を感じ、彼はいつものように台所に入って己一人の食事を用意した。朝や昼の食事は、大抵台所に置いた小型のテーブルで済ませる。彼はどんぶりを前に置いて箸を持ち、生卵のかかったうどんをたちまち平らげ、大きく息を吐いた。

こうして物を食うのは何のためか――。

一人暮らしの彼はときどきそんな思いに囚われる。いつもはぼんやりと取り留めない思いに駆られるだけだが、今日は少し先へ考えを進めてみたくなった。何となく自分に余裕を感じるのが不思議だ。

物を食うのは明日の仕事のためか。そうして己一人が生き延びるためか。生きるために働き、食い、さらに食うために生き続ける。一見無目的なその繰り返し。それが生き物の宿命的な姿なのかもしれないが、人間としてはなんだか空しい。若い頃の彼は、そのような生き物としての営みの中に、人間は人間としての充実感を見出すことができると信じた。しかしこうして一人暮らしが続くうちに、生き続けるということの中に潜む空しさに、耐えられなくなることもある。歳のせいだけではなさそうだ。

一緒に暮らす家族がいないということは寂しいものだ。彼はつくづくそう思ったこともある。そういう寂しさが、人生の空しさをいっそう強く引き寄せるのだろう。

## 五

かつて彰生の家族は彼を含めて四人だった。

妻は道代《みちよ》と言い、口数の少ない気弱な女であったが、彰生はこの妻をよくいたわった。長男の崇史《たかし》、三つ下の次男尚志《ひさし》と二人の子をなしたが、二度とも難産に近い状態で、二人目を生んでから道代はすっかり病弱な体になった。彼はそういう妻の心配もしながら、子供二人を抱えた家庭を守り、中学校に勤務して教員の仕事を続けた。四十代の半ばになってから、大学の先輩の勧めもあって、遅ればせながらも彼は管理職への昇進試験を受けた。しかしその大事なときに、道代の病気入院やその間の子供の心配事が重なり、彼は結局管理職昇進を諦めた。

その道代が腹膜炎の上に肺炎を併発して、入院していた病院で死んだのが彼の四十八の時だった。その後、彼は二人の息子が一人前になるまで面倒を見なければならなかった。

十年ほど経つうちに息子たちも次々に大学を出て就職し、それぞれ自立して家を離れて行った。そうして一人になった彼は、気が付けば定年退職が間近に迫っていたというわけだ。

こうして振り返れば、色恋も何もなく、ただ一つ家庭という支えを持って夢中で生きてきたという気がする。彰生自身、教員として精一杯働いてきたという自負はあるから、妻を最後まで看取ったことも含めて、すべての苦労が心を潤す思い出になるのかもしれない。この先は息子たちの将来を可能な限り見届けようとする他に大した希望もなく、末はどこかの老人ホームで迎えることになるのだろうか、とぼんやり想像したりしていたのだ。

だが何かしら空しさが消えなかった。現実には一人暮らしの老後のただ中に埋没していくばかりなのであるから、彼は絶えず老い先の不安と空しさにさいなまれていたとも言えるのだ。

だから木田紗江子という女性の出現は、彰生にとって天恵のようなものかもしれなかった。以前から彼の不運や苦労を気にかけてくれた、一人の姉の心遣いが実を結んだのだ。

姉の知人を介して松尾良美に繋がったわけで、紗江子と交際するようになってからそのことを知った彼は、そこに人生を操る運命の糸を感じた。

実際、五十二歳になる女性があのように生き生きとして美しいとは、彼は今まで想像したこともなかった。控えめな紗江子の話し振りを通して、慎ましい人柄もわかって彼は強く心を惹《ひ》かれた。初めて紗江子に会った日の彰生は、家に帰ってからも己の人生に思いがけない変化の起こる予感がして、ほとんど目眩《めまい》が起こりそうな気分であった。

ただ、自分という人間がどれだけ紗江子の気持ちを引き付けることができるかということになると、彰生はまるで自信がなかった。ひたすらまじめに暮らしてきた人間の信頼感のようなものを、相手が感じてくれるかどうか、それだけだと思った。

彰生の父親は九十二歳という高齢のため寝込むことが多いが、幸い母親の方が元気で、八十歳を越した体で夫の面倒を見ている。しかも彰生の兄が二世帯住宅を建てて親と一緒にいるので、彰生は、世田谷にあるその両親と兄の家にたまに顔を見せに行く程度である。多摩川の近くに住む姉や埼玉の新興住宅地に家庭を持つ三つ下の妹が、ときどき親の顔を見に訪れるのは彼も知っていたが、彰生自身は、自分の親のことで負担を感じることはほとんどないのだった。

今年の正月に兄の家に行ったとき、兄は、定年を控えた彰生の年齢に初めて気が付いたような顔をして、

「そうか、お前も、もう還暦だったのか」

と言って笑った。

成績優秀で役人の道に進んだ兄は、六年前に還暦の祝いをしていて、そのときには彰生も呼ばれた。だが彰生が還暦になっても兄は呆れたような顔をするだけだし、家を離れている息子たちは何も言ってはこない。

そういうことも含めて、彰生は今、紗江子を迎えるために自分の方には何の問題もないと思っている。住まいは借地ではあるが庭のある築十八年の持ち家だから、多少リフォームすれば紗江子にそう不満はないだろう。そうして一人暮らしの彼がよき伴侶を得るならば、二人の息子にこれから先の心配をさせずに済むのだから、それに越したことはないのだ。

その日は土曜日だったから、夜になったら彰生が紗江子の家に電話をする約束になって

いた。彼は宵の時刻を待って受話器を取った。

「西野さんですね、こんばんは」

紗江子の声を聞いて彰生は喜びを感じた。

「明日の日曜日、あなたに会えないかと思って、電話しました」

「はい、明日ですね。でも……」

電話口で紗江子の声が途切れた。

「実は、申しわけないんですが、わたしの息子が下宿で風邪を引いて寝込んでいるようなので、明日行ってあげなくてはと思っているんです。ですから……」

いかにも申しわけなさそうな声だった。その下宿はどこにあるのか聞くと埼玉の方だと言い、しばらく行ってないので心配なのだと彼女は答えた。そう言われれば、彼も寛大な理解を示すより仕方がない。

しかし彰生はそのまま電話を切る気になれなかった。この次はぜひ一緒に映画を見に行きたいと、その場の思い付きで彼が言い、紗江子が賛成して、それで電話は終わった。

後で彰生は何となく不安だった。紗江子のものの言い方に逡巡しているような雰囲気を感じたからだ。彼女を煩わせる家庭の問題が、息子の病気の他にも何かあるのかもしれない。老母を抱えた紗江子に比べれば、彼の方がはるかに身軽であるに違いないのだ。

四日、五日と経つうちに、彰生は映画を見に行く誘いをいつしようかと思い迷った。一人の女の気持ちが、これほど気になるのも彼にはかつてなかったことだ。彼は勤めの行き帰りにも紗江子のことを考えずにいられなかった。

紗江子が自宅にいそうな頃合いを見て電話機の側まで行って、彼の右手はまた宙に止まりかけた。が、紗江子の声を聞きたいという気持ちを、彼は抑えることができなかった。

ちょうどその頃、紗江子は、母の政代と少しばかり口論をしていた。

ことの起こりは紗江子が買ってきた電気ポットで、政代は余計な無駄遣いをしたと文句を言ったのだ。

三日前に、紗江子は勤めの帰りに駅前のスーパーに寄り、目星を付けておいた電気ポットを少々奮発したつもりで買ってきた。さっそくその二リットル入りの大きな白いポットを取り出し、政代とも使い方を確認し合って翌朝から使うことにした。ところが今日にな

五

って、夕方に紗江子が帰宅して二人で食事を始めようとしたとき、政代がポットのボタンを押し間違えてテーブルの上に熱湯を撒《ま》いてしまったのだ。テーブルに腕を出していた紗江子は、飛び跳ねた熱湯のために軽い火傷をした。すぐに水道の蛇口で腕を冷やしてから、紗江子は政代に向き直ってポットの使い方を注意した。少々感情的な言い方になっていた。それで政代もつい反発して、

「わたしのためを思って買ったんだと言っても、一日中家にいるわたしがポットなんかなくてもいいと言ってるんだから、いいんだよ。早く店へ返しておいで」

そうまで言われると紗江子も腹が立った。だが同時に、新しい機具の使い方を覚え切れずにいらいらしている老母の気持ちを思い、自分の感情を抑えなければならないと気が付いた。

一昨日は町会の回覧板のことで政代と口論した。届けられていた回覧板を隣の家に持って行くのを政代が忘れて、一週間放置したままになっていたので、町会の人がきて、前にもこういうことがあったのでご注意くださいと、遠慮がちに苦情を言われた。それを後で政代はひどく気に病んでいた。紗江子はいつまでも気にする必要はないと何度も言ったの

だが、政代は隣近所への不満をあれこれ言い続けた。その様子を見て紗江子は、以前のてきぱきとした母とは随分違ってきたと思い、唖然《あぜん》としたのだった。

「ポットの使い方に慣れれば便利だから、覚えてよ、お母さん……。こういう使い方のでいいとお母さんが言ったから買ってきたんじゃないの」

紗江子が言うと、政代は情けなそうな顔をして椅子に座り込んだ。

「わたしだって紗江子に迷惑かけないようにと思って、これでも頑張っているんだよ。そんなに言わないで……」

「迷惑だなんて、お母さん……」

「紗江子が再婚できるのなら何とかしてあげたいと思っているのよ。わたし一人になってもちゃんとやっていけるようにするから、わたしをあまり困らせないでおくれ」

「わたしに再婚を勧めたのはお母さんでしょ。しっかりしてよ……」

思わず紗江子はそう叫んだ。

「わかってるよ」

政代は低く言って紗江子から目を逸らせた。

その皮膚がたるみ無数の皺に覆われた顔を見ていると、紗江子は老いた母をいとおしむ気持ちが胸を突き上げてくる。口ではいつでも老人ホームに行くようなことを言いながら、政代の本心は決してそう望んではいない。それが紗江子には痛いほどにわかるのだった。

それにしてもこの数日、紗江子は政代と詰まらぬことで言い合いをしてしまう。何か思うようにいかないことが気になって、紗江子自身がいらいらした気分になっているのも確かだ。

# 五

日曜日に、息子の真一を訪ねたときのことも影響しているのだろうと紗江子は思う。あの日、ほぼ半年ぶりに顔を見た真一は、下宿のベッドで無精ひげのまま寝ていた。枕元には医者からもらってきた薬の袋が見え、風邪はすでに治りかかっているのだった。明日から会社に出られそうだからいつまでもいてくれなくていい、と真一は紗江子に言った。紗江子は掃除や洗濯をしてやり、その日の昼と夜の食事を用意してやって、昼前に帰ってきた。

息子の側にいる間に紗江子が強く感じたことは、スポーツ好きな真一の不潔な男臭さであり、それが別れた夫から受け継いだものに違いないということだった。それは嫌悪感と言ってもよかった。病気自体は心配するほどのことがなさそうなので、紗江子は少しでも早く息子の部屋を出たいと思った。

ときどきぼんやりとしてこちらを見詰める、息子の視線を感じてもいた。刺のあるようなその目付きに不快な気持ちになった。以前にもそんなことがあったことを思い出した。前の夫は今でも、一人息子の真一には何かと声をかけてくることがあるらしい。紗江子はその事実を真一から聞いたのだが、真一は特にそれを喜んでいるふうにも見えなかった。

この部屋に前夫の来た気配はないかと見回したが、それらしいものは何もなかった。帰ろうとして部屋を出るとき紗江子はさすがに息子が哀れになり、ベッドの方を振り向いていたわりの声をかけたが、真一はぶっきらぼうな返事を返してきただけだった。明日また真一に電話をして様子を聞いてみるようにしよう、そう思いながら紗江子は帰ってきた。

もう、あまり真一のことはくよくよ考えないようにしよう、その度に紗江子はそう思ってきた。父親似ならきっと女性にも持てて、そのうちよい相手ができるのだろう。真一の食器棚の中に、真一らしくもなく小ぎれいなチョコレートの缶があったのを、紗江子は目に留めていた。

翌日の夜に電話をすると、いつものぶっきらぼうな真一の声が返ってきた。なぜわざわざ電話なんかするんだと怒ってでもいるようだった。紗江子はむっとして電話を切った。そうして、古傷を突かれるような胸の痛みを感じた。なぜなのかわからない痛みであった。

## 五

紗江子の目の先で、相変わらず政代がテレビに目を向けている。先ほどの口論は忘れたかのように、テレビに映る歌手の歌う姿に気を奪われ、政代の頬には笑いが浮かんでいた。

そこへ電話のベルが鳴り響いた。紗江子が立って受話器を取って耳に当てると、西野彰生の声であった。

「この前約束した映画のことですが……」

彰生の声はぼそぼそとして、ひどく遠慮がちに聞こえる。紗江子は、右手に持った電話を政代の目から逸らすように体の向きを変えた。

「済みません、映画のことはまたこの次にして頂きたいんです。また都合を見て、わたしの方からも電話をいたしますので……」

取りあえずそう言って、紗江子は電話を切ってしまった。

政代はのろのろとした動作で立ち、テーブルの上を片付け始めた。

母の衰えは意外に早くやってくるのかもしれない。しかも、母を無理矢理老人ホームに入れることなどできないとすれば、これから先もこの老いた母を抱えて過ごしていくことになる。いったいどのようにして再婚への道が開けてくるというのだろう……。

そう思ったとき紗江子は、母を哀れに思っているはずの自分の中に、少しずつ母を憎む感情が湧き起こってくるのを感じた。彼女は急に自分が情けなくなって、涙が込み上げてきた。

# 六

　翌日、紗江子が出勤して外回りに出る用意をしていると、良美にそっと声をかけられた。

「木田さん、なんだか元気ないわね。どうかしたの？」

「ごめんなさい。大丈夫よ、心配しないで……」

　紗江子はそう答えたが、良美は心配そうに彼女を見ていた。

　紗江子は、今良美に西野彰生とのことについて話すのを避けたかった。当面の間、良美には当たり障りなく答えておくつもりでいた。

　その日、紗江子が昼少し前に、訪問先の私立学校を出てから恵比寿駅に向かって歩道を歩いていると、鞄を抱えた中島課長が交差点を渡ってくるのに出会った。そんなことは滅多にないことなので紗江子が驚き、思わず笑顔になって挨拶すると、

「ちょっと急な用でそこまできたんですよ」

と中島は言って、ちょうど昼時だからと彼女を食事に誘った。

「木田さんには、僕は前から話したいことがあったんです。今日はちょうどいい機会だから……」

中島にそう言われると紗江子も断り切れなかった。偶然出会ったと思ったが、そうではなく、朝の時点で紗江子に訪問先の指示をした中島は、最初からここで紗江子を待つつもりでいたのに違いなかった。

以前、紗江子が彰生と渋谷で会うことになっていた日、課長席の中島から「話したいことがある」と言われて紗江子も何の話かと気になった。その後も中島が紗江子に問いかけるような目付きをしてきたことはあったが、紗江子の方が何となく避けてきたのだ。

中島が先に立って交差点の脇のレストランに入ろうとするので、紗江子は、中島が何の話をするのか聞いてみようと覚悟を決めた。

「あの学校はどうですか。私立だけど、雰囲気は好さそうですか?」

食事の注文が済むと、中島はにこやかな顔を紗江子に向けてきた。彼女が先刻訪問したばかりの私立学校は、今朝中島から訪問の指図を受けたのだった。

# 六

「まだわからない感じもありますが、最初の訪問にしては反応があって、わたしの話を聞いてもらえそうな気はします」

紗江子が言うと中島は満足そうに、

「前の担当者は熱心に回っていたようだから、木田さんもぜひ根気よくやってみてください。きっと新しい契約が取れると思います」

彼が紗江子のために配慮していることを匂わせて言った。

運ばれてきたフランス料理風のランチにも手を付けかねた格好で、紗江子が黙っていると、中島は手振りで紗江子にも食事を勧めた。

「木田さんにはいつも感心しています。目立たないけれども、とても細かく気を配っているのがわかるんです。僕はね、仕事とは別に、歳も近いんだし、あなたとはもっと親しくなれるんじゃないか、いや、そうなりたいと思っているんですよ」

中島はどこまでもにこやかな表情を崩さない。紗江子はフォークを手に持ったまま、当惑して中島の顔を見た。

中島は照れたように笑いながらフォークを口に運び、それから少し真顔になって、

「失礼ながら、木田さんが、離婚されてから苦労なさっていることは、ある程度わかるつもりです。お母様もお歳を召しているわけだから、いろいろ大変でしょう。何かあったら相談して下さい。僕は今一人だし、大抵のことは援助できると思いますよ」

中島がそんなことまで考えていたとは予想外であった。「援助」とは何を意味するのだろうと、紗江子は一瞬考え込んだ。

中島は紗江子の硬い表情を見て、自分の腕時計に目をやってから、

「それじゃ、また、お互いの都合のよいときに話しましょう。今日はまだ午後の仕事があるから、この辺で……」

一人で決めて言うと腰を浮かした。

紗江子はそのレストランを出てからすぐに中島と別れて、次の訪問先へ向かった。

夕方になって細かな雨が降ってきた。紗江子は目黒駅を出たところで雨に気が付いたが、折り畳み傘を出すのも面倒なので、そのまま支店まで急ぎ足で帰ってきた。

中島課長に報告に行くと、彼は精一杯の笑顔で彼女を迎えた。いつも通りの簡単なやりとりであったが、紗江子は自分の頬が赤くなるのを感じた。

六

紗江子が化粧室に入って行くと、良美が鏡の前で他の仲間と何やら話していた。紗江子は、もし良美が喫茶店にでも誘ったら今日は断ろうと思った。しかし一つだけ良美に聞きただしたいことがあった。

良美は話していた相手が化粧室を出て行くのを見送ると、紗江子の方を向いた。すぐに紗江子が言った。

「松尾さん、うちの課長さんに、何かわたしの母のことを聞かれたこと、ありませんでしたか？　課長さんが何か心配してくれているようなので、ちょっと気になって……」

「えっ？」

良美は怪訝《けげん》な顔をしたが、すぐに、

「そう言えば、ついこの間、木田さんはお母さんが心配だからと言って急いで帰ったけど、どんな具合なのかって、聞かれたわ」

「それで、どんなことをお話ししたの？」

「立ち話だから簡単に言っただけだけど、お母さんがお歳を召《め》しているので、木田さんも大変らしいって……」

「それだけ？」

「仕事の方は続けられそうかな、なんて彼が心配するから、それは大丈夫です、木田さんも、お母様の今後のことはちゃんと考えていると思いますって、それだけ言っておいたけど、いけなかったかしら？」

良美はそう言うとにっこりして見せた。

やはりそうだったのかと紗江子は思った。

中島は良美に悟られないように注意して、立ち話の軽い調子で、紗江子の家庭の事情を知ろうとしたのだろう。そういうことが中島に漏れるとすれば良美からだ、と紗江子が思った通りだった。

政代が以前から老人ホームに入ると言っているのだから、できたらその話を進める方がよい、良美がそう考えて暗に促しているのは紗江子もよくわかっていた。中島もそういう政代の状態を察知したのだろう。

それにしても、そういう探りを入れたりするところを見ると、中島はかなり本気で紗江子のことを考えているのだ。中島の言った「援助」とは、政代に関係することの金銭的な援助を意味しているのかもしれない。老人ホームの入居資金とか……。

紗江子は改めて驚きを感じた。そうして彼女の中で何かが激しく揺らいだ。が、それを抑えて彼女は言った。

「わたしも仕事はもうしばらく続けていきたいので、また何かの折に、わたしからも課長さんに必要なことはお話しするわ、心配かけてはいけないから」

「そうね……」

他の仲間が入ってきたのを潮《しお》に二人は化粧室を出た。

紗江子は、政代との同居についてまだ本気で西野彰生に相談したことがない。ちゃんと相談すると良美にも言ったものの、もしそうすれば、それがきっかけで彰生との関係は白紙に戻るかもしれない。家族や家の問題が再婚の際に大きなネックになるとは、よく聞く話だ。一気にそこまで行ってしまうことを、紗江子は恐れていた。

西野彰生との再婚はもともと無理な話だったのだ。そんな声が、紗江子に聞こえたような気がした。いっそ諦めて、別の道を考えるのもよいかもしれない、というささやきも感じる。中島克二の柔和な笑顔と落ち着いた話し振りが、紗江子の頭に浮かんでいた。

翌日の朝は、営業三課の部屋に入ったところで良美と出会い、朝の挨拶をした。紗江子の笑顔を見ると、良美はさっさと自分の机に向かって行った。いかにも、あなたのことはあなたに任せているという態度だった。

紗江子のことに関して目下良美の頭の中にあるのは、西野彰生のことだけだと言ってもよいだろう。その良美に、仮にこの縁談を断ると言ったらどんな顔をするだろうか……。

課長席の中島は、いつもと変わらない態度で朝の仕事をこなしていた。紗江子は書類の用意ができるとすぐに課長席の前に行き、中島に外回りに出ることを告げた。中島は普段通りの応対をしたが、その目が彼女に向かって殊の外優しげに笑いかけていた。紗江子は自分の表情が硬くなるのを感じながらも、ただ黙って礼をしてそこを離れた。

外に出ると紗江子は、山手線で新宿に向かった。平日朝の時間帯にもかかわらず車内は比較的空いていた。今日訪問する先は何度も行ったことのある会社ばかりで、さほど神経を遣う必要もなさそうだ。そんなことが、ふと彼女の頭をよぎる。

つり革に摑まって立ちながら、紗江子はいつの間にか中島のことを考えていた。

中島が再婚を求めてきたことにどう応えるか、それが目下のところの問題だった。それは、取りも直さず西野彰生の方をどう結論付けるかということになる。二人の男との関わりが、こんなふうに一挙にのしかかってくるとは思いもかけないことであった。

二人を比較すれば、年齢も若くて男前で経済力のありそうな中島の方が一見よさそうに見えるが、かつて紗江子が女性関係で人格的に彼を疑ったことのあるのが忘れられない。

一方で、紗江子は西野彰生の出現によって初めて、自分の再婚に胸の膨らむ思いを味わった。それがここへきて中島克二の方に逆転するというのは、まだ信じられない気持ちだ。外見容姿や経済力の他に、人間的な面でも中島が劣らないと言えるかどうか……。

実のところ紗江子は、中島克二という男が噂ほど軽はずみな男ではなく、むしろ地道な考え方をする人物ではないかと感じてもいた。妻を急病で失ってから二年余り経った彼が、かなり心境の変化をきたしていると想定してみることもできた。女性関係云々のことも、紗江子が冷静に考えてみれば、いずれも一時的な噂で済んでいることだ。セクハラ問題のような噂は中島にないことを認めないわけにはいかない。

もともと、一人暮らしの中島が二つか三つ年下の紗江子との再婚を考えたとしても、決して突飛なことではない。気持ちの通う伴侶を得て心身共に安定した老後の生活を、中島は求めているのかもしれない。そうだとしたらむしろ自然なことだろう。

紗江子は、中島の真意をもっとしっかり確かめてみたいと思った。そうしないことには仕事も手に付かない感じがしてきた。

その日は新しい契約というような成果こそなかったものの、いくつか熱心な問い合わせや相談に対応でき、紗江子は気分よく支店に戻ってきた。ちょうど四時頃で、いつもより少し早いくらいの時間であった。

さっそく課長の机に行くと、

「やあ、お疲れさまでした」

中島は殊の外にこやかに彼女を迎えた。

訪問先についての報告を済ませると、紗江子は一呼吸置いてから前屈みになって中島に顔を近付け、声を落として言った。

「先日のお話のことで、後でちょっとお会いできればと思うのですが……」

中島ははっとしたように紗江子を見て、

「じゃ、後で連絡します」

# 六

そう言って下を向いた彼の顔が、いくらか曇ったように見えた。紗江子の様子を見て、何かしら不本意なものを感じたのだろう。だいたい、先日彼の仕かけた話について、さほどいい顔をしなかった紗江子の方から逆に話し合いを求めてきたことが、彼の予想外であったに違いない。

紗江子はお茶を入れた湯飲みを持ってきて椅子に座ると、机の隅にあった社内報を手に取った。課長席の中島は、次々と報告にくる外回りの女性たちに一々丁寧に応じていた。

社内報には松尾良美の経験談が載っていた。良美は二年ぐらい前にも編集者に頼まれて短い文を載せていた。顧客獲得のためにのみ徹したような良美の考え方に紗江子はただ感心するばかりで、同じ仕事をする者として羨ましさを感じ、逆に自分はいつまでこの会社で働いていられるかと、何とはなしに不安を感じた。

社内報から目を離して見ると、中島の姿がいつの間にか座席から消えていた。しばらくして紗江子の携帯電話が鳴った。

中島からであった。社内の別の場所からかけているのだろう。紗江子が携帯電話を耳に当てると、この頃は毎日残務整理で遅くなるので明日土曜日の午後に別の場所で会うようにしたい、と言う中島の声が聞こえた。紗江子はやむなく承知して、彼の告げる時間と場所を聞き取った。

その夜、紗江子は家にいて、電話が鳴りはしないかと恐れた。週末になると西野彰生から電話がかかってくることが多いからだ。彼女は今、彰生と話をするのは避けたかった。だが、かかってこなければ、それだけ彰生の気持ちが紗江子から遠退いたことの証かもしれない。ある程度そういうときの覚悟はあるつもりでいても、それはやはり寂しいことであった。彼女は身の細るような思いをしながら、何ごともない様子で、政代の相手もしなければならないのだった。

結局、西野彰生からの電話はなかった。

ソファーに身を沈めてふさぎ込んだ様子の紗江子を見て、政代が言った。

「あした西野さんに会うの？　そうだったら、わたしに気兼ねなく行っておいでよ」

政代の目が涙ぐんだようになってしょぼしょぼとして見え、顔の皺《しわ》も一段と深くなったかのようだった。

「あしたは西野さんじゃなくて、午後に、用事で会社の人と会うのよ」

紗江子は手にした雑誌のページを繰りながら、そう答えるのがやっとの思いだった。

六

翌日の土曜日、紗江子が指定された目黒駅近くの喫茶店を探して着くと、中島は先にきて待っていた。普段紗江子が滅多に通ることのない駅の反対側にある店で、落ち着いた雰囲気の大きな喫茶店である。

紗江子を迎えて鷹揚《おうよう》に笑って見せる中島に対して、紗江子は年甲斐もなく緊張していた。いくら上司とは言え、中島がこのように休みの日の午後に誘い出したことに対して、自分が迂闊《うかつ》に受けてしまったのではないかという恐れが、彼女をいささか臆病にもしていた。彼女を支えているのは、とにかく中島がどんな話をするか、それを聞いてからだという覚悟だった。

「もう少しお話を聞いてみないと、わたしもどうお返事をしていいのかわかりませんので……」

そう言って中島の顔を正面に見て、紗江子はようやく落ち着きを取り戻すのを感じた。

「お休みのところをわざわざ出てきて頂いて済みません。実は木田さんに断られるのではないかと、冷や冷やしていたんですよ。今日は課長だなんて思わないで、どうか気楽に僕の話を聞いてください」

中島は紗江子の様子を見ながらいたわるように言い、やってきたウエイトレスに、彼女の意向を確かめた上でコーヒーを二つ注文した。

紗江子が何を聞きたいのか十分わかっていると言わんばかりに、中島は自分のペースで話を進めようとしていた。彼女の寡黙な様子を見て取ると、中島は思い切ったようにこう言った。

「この前もある程度お話ししましたが、今日は単刀直入に言います」

紗江子はただ小さくうなずいて、コーヒーカップをゆっくりと手元に引き寄せた。

「木田さんが離婚なさった事情を詳しく知っているわけではありませんが、僕も妻を亡くして一人なのです。木田さんとは歳は二つしか違いませんが、むしろ同世代に近い人がいいと、僕は思っているんです。話が合いますから……。僕は退職すればかなり自由だし、あなたのような人と、充実した第二の人生を過ごしたいということを、ずっと考えていたんです。今日こうしてお会いできたので、あなたには、この気持ちをわかってもらえると思うんですが……」

中島はそう言ってじっと紗江子を見詰めた。よくよく考えた上でのことらしく、落ち着いた表情ではっきりとした物言いであった。

その強いまなざしに射竦《いすく》められたようになって、紗江子はたじろいだ。続けて中島が、家族や住まいのことなどを話すのを聞きながら、彼女は必死に自分の心の態勢を立て直そうとしていた。

「そんなわけで、もしあなたと一緒になることができれば、お母様のことも含めて、あなたに苦労させないでやっていける自信はあります」

中島は余裕ありげな笑顔を見せ、背もたれに寄りかかって紗江子を見た。

紗江子は、自分の想像していたよりも、中島が堂々として自信に満ちていると思った。中島克二という男は案外に度量もある人物なのかもしれないとも思った。

だが、中島に対する不信感のようなものが、彼女の中から払拭《ふっしょく》されたわけではなかった。にこやかな表情の中に隠された偽善者の風貌とでも言おうか、こうして向き合っていても、本能的に警戒しないではいられないような何かを、紗江子はやはり感じていた。以前彼女は中島を、浮気で人生をしくじった前夫と同然のように見ていたが、それが狭量な誤解であったと証明されたわけでもないのである。

「中島さんのお考えはとてもよくわかるのですが、でも、わたしには身に余るお話のように思えてなりませんわ」

彼女は自分の中にある警戒心を軟らかく示したつもりだった。

「いやいや、そんなことはありませんよ」

中島は、紗江子の言い方を彼女らしい謙虚さとでも感じたらしく、その顔は満足げな表情を浮かべていた。

それから彼は自分の仕事の話を少しして、最後にはこう付け加えた。

「僕は立場上でも、一人一人の気持ちを大切にするということをいつも考えているんです。これは会社の上の人たちには通じにくいようですが、でもこの考え方を失わずに、これからも仕事をしたいと思ってます。もうこのまま定年でしょうし、出世はできないでしょうけれどね」

中島は自分の謙虚さを強調するように、にこやかに言った。

「お母様はもう相当なお歳と聞きましたが、最近はいかがですか?」

六

ようやく中島は紗江子の話を聞こうとした。

紗江子も、この際思い切って母のことを話してみようと思った。返事の仕方に困る場合は、母と相談すると言って逃げる用意もあった。

政代がいろいろと物忘れをするようになり、体も弱ってきた様子を紗江子が話すと、中島は真剣な表情で聞いていた。そこまでは彼女にも予想できた。

「そういう母の様子を側で見ていると哀れで、わたしとしては、今までもずっと心配をかけてきた母のことですので、できるだけ面倒を見てあげたいという気がするんです。本人は老人ホームに入っても構わないようなことを言いますが、本心は必ずしもそうじゃないみたいで……」

するると中島は初めて当惑げな表情を見せた。

「それは、どうかな。老人ホームに入れてあげた方が、かえってよい場合もありますよ。最近は介護制度もあって、施設も充実してきたでしょうし、ね……」

紗江子の気持ちを測りながらも、中島はその点については譲らない様子に見えた。

「かえってよい場合、というのは、どういうことかしら……」

「設備のよい施設に入ることができれば、全面的な介護も受けられるし、その方がいいでしょう。家庭で老人介護の負担を日常的に背負い込むのは大変です。僕は、それで生活が破壊されたという話を、よそでいくつか聞いたことがありますよ」

「それは、わかっているつもりです。でも、そのお年寄りの状態によっても違うんじゃないでしょうか」

紗江子が言うと中島は不思議そうに紗江子を見て言った。

「木田さんは、お母さんのことを、今後どのようになさるつもりなんですか?」

「正直に言って、まだそうとはっきり決めたわけではありませんが、母が望むのなら、ずっと母と一緒にいてあげたいと思うんです。体は弱ってきても、元々しっかり者の母ですし……」

中島は呆れたとでも言わんばかりに、目を丸くして紗江子を見た。彼は今になってようやく、紗江子に対して見込み違いをしていたらしい自分に気が付いたのだ。

紗江子も、中島に対して明確にしておくべき点が何であるかがようやくわかった。

「以前、老人ホームなどについてわたしも調べてみたことがあります。母ともそれとなく話したことはありますが、母はとてもああいう施設に合いそうもありません。わたしも無理強いはしたくありませんし……」

## 六

紗江子の言い方にはまだ若干の迷いがあった。もしかすると政代は進んで老人施設に入るかもしれない、という気持ちがあったからだ。

するとと中島が言った。

「合う合わないということよりも介護の負担が問題です。施設に入ることを渋る老人はいくらでもいますが、入れると決めたら方法はあります。僕もお手伝いできるつもりですがね……」

「今のところそこまで考えていませんので……」

紗江子が言うと、中島は面子を汚されたとでもいうように不機嫌になった。

「それでは、どうも僕は、あなたの気に入るようにはできないかもしれません。僕には僕の、再婚への夢がありましてね……」

中島は強い調子で言い、紗江子の顔を見た。

「済みません。わたしにはこれしか言えませんので……」

言葉は控えめだが、紗江子の態度には毅然としたものが戻っていた。中島の夢がどんな夢なのか聞いてみる気にはならなかった。

「そうですか、残念ですね……」

中島はしばらく紗江子を見詰めていたが、諦めた様子で言った。

「仕方ありません。今日はこれで別れましょう。後で、もし考え直すようなことがあったら、知らせてください。木田さんに対する僕の気持ちは変わりませんから……」

中島が立ってレジへ向かおうとしたので、紗江子も後に続いた。

外へ出たところで中島は立ち止まり、紗江子を振り返って、

「このことについては、お互いに他言無用にしましょう。僕の立場もありますので。それでいいですか?」

紗江子がうなずくと、

「では、ここで失礼……」

と、中島は足を速めて立ち去った。

紗江子は反射的に、中島とは逆の方向に歩き出した。駅から遠退くのはわかっていた。

所詮《しょせん》なかったも同然の話なのだと思いはしても、紗江子は少なからぬ衝撃を受けていた。

中島があれほど明確に、紗江子の母親の処遇について予断を持っているとは思わなかった。中島は再婚への夢があると言ったが、老後の生活設計が彼には確固としてあるのだろう。それは尊重すべきことかもしれないが、その自分中心の考え方に紗江子が同調できなかったのもやむを得ない。

五十、六十という歳になれば、老いた親がいるのはむしろ当然だろう。その親を初めから排除した形で自分の生活設計を考えるのは、彼女の立場からすれば受け入れ難いのである。

それにしても、たとえ一時たりとも、この男の方が西野彰生よりも頼りがいがあるのでは、と思いかけたのは事実だ。紗江子の中に男の経済力にすがろうとする気持ちがあるのは争えず、そういう立場の弱さが判断を狂わせることもあるのだろう。

かなり遠回りをして再び目黒駅に近付いたとき、ふと気が付くと大きな和菓子屋の前を歩いていた。紗江子は足を止めて、政代に何か好物の和菓子を土産に買って帰ろうと思った。その店に向かって引き返しながら彼女は、そうやっていつも母を思わずにいられない自分が、やはり本当の自分だと思うのだった。

## 七

先日の電話の様子では紗江子の家に何かあったようで、いつまで待っても彼女からの電話はない。その前は息子が病気したということで、紗江子はデートの約束などしていられないというふうだった。押しかけて行くわけにもいかないから、彰生はこのまま紗江子との逢瀬《おうせ》が途絶えてしまうのではないかと不安だった。

その日は日曜日で、朝からどんよりとした雲が広がって、まさに本格的な梅雨空であった。

彰生は、その重い雲に耐えられぬような気持ちになって、昼少し前に電話をかけた。紗江子の声が受話器を通して彼に届いた。

「ああ、西野さんですね、こんにちは……」

彰生が思っていたよりも落ち着いた声だ。浮き立つ気持ちを抑え、彼は努めて気軽な調子で言った。

「随分会いませんでしたね。今日これから喫茶店ででも会って、少し話しませんか?」

「はあ、そうですね……。じゃあ、二時頃に、どうでしょうか?」

紗江子がそう言い、意外にあっさりと二人のデートが実現した。うれしくなった彼は、他に誰もいない家の中で、ちょっとだけ運動選手がやるガッツポーズをやってみた。体中に血の巡るような感じがした。

前回、二度目に渋谷で会ったのが五月末だから、電話で話したのを除けば一ヶ月も会わなかったことになる。その間彰生は、自分一人で神経質に考え過ぎていたのだ。なぜもっと早く会うようにしなかったのかと思った。

それから三時間後に、二人は池袋の南口で会った。紗江子が今度は池袋でと望んだのである。清瀬に住む彰生は西武電車を使うので、池袋で会う方が楽である。

駅ビルの地下道から上がったところで彰生が待っていると、間もなく現われた紗江子がすぐに彼を見付け、笑顔を見せた。何となく物怖じしたような表情に見えた。しばらく振りで会ったせいかと彼は思った。

二人は、宝くじ売りの小店が並ぶ広い歩道を並んで歩いた。重い雲に覆われた空と湿り気を帯びた空気が、人と車の騒音を晴れた日ほどには感じさせないようだ。

「池袋はあまり来たことがないんです」

と紗江子が言った。

「それで池袋にしたかったんですか?」

「ええ。渋谷は知っている人に出会う確率も高いような気がするので」

彰生は笑って紗江子を見やった。紗江子も冗談を意識して微笑んでいたが、その顔にどことなく憂いが漂っているのを彼は感じた。

確かに、こんなふうに並んで歩いている姿を、街頭でいきなり知人に見られるのは具合が悪いかもしれない。だが、見られてもいいではないかと彰生は思った。

彰生が手を寄せると紗江子もそれを拒まず、二人はしばらく手を絡ませて歩いた。そうしながらも紗江子は、うつむきがちな姿勢を崩さなかった。

# 七

サンシャインビルの方角に向かう広い通りをゆっくりと歩いて行き、五差路のところで左に折れた。サンシャインビルに向かう人々があまりに多いので、そこを避けようとする気持ちが紗江子にはあった。

彰生は、公会堂の建物の近くにあった小さな喫茶店のことを思い出した。ゆったりと腰の落ち着く椅子とマホガニーのテーブルが記憶にあって、彼はそのことを話しながらそこに向かった。

その途中に、道路に囲まれるようにして小さな公園があった。その公園の中を通り抜けようとして、見ると、二組の親子連れが桜の木の蔭にいて、若い母親同士しゃがんで話し込んでいる。その周りを三歳ぐらいの女の子が二人、子犬と戯れながら走り回ったりして遊んでいた。

「あら、かわいい」

思わず紗江子がつぶやいて立ち止まりかけ、彰生も振り返って、二人は女の子と子犬の光景に見とれた。

葉を茂らせた桜の木の後方には、公会堂の洒落た薄茶色の建物が見えている。公園の周囲をひっきりなしに行き来する車も人も、湿った重い空気に抑え込まれたように何となくもの静かで、ゆっくりした感じであるのが不思議なほどだ。この街の賑わいからかけ離れた場所のようだった。

また歩き出したとき、紗江子が空を見上げ、

「今日は、雨は降らないのかしら？」

「まだ、大丈夫でしょう」

彰生も雲の厚い空を仰いで言った。

「西野さんからの電話の後で、この前渋谷で会ったときのことを思い出しました。あのときは楽しかったと思って……」

「ほんとに、あれ以来、久し振りに会えたような気がする……。ところで、息子さんの病気というのは、もういいんですか？」

「はい。ただの風邪でしたので……。ご心配かけて済みませんでした」

「いや……」

そんなふうに会話をしながらも彰生は、何かしらしっくりしないものを感じていた。先

ほど彼女の顔に現われた憂いの影は何だろうと思った。

やがて彰生は紗江子を促して立ち、公園を出た。目指す喫茶店はすぐに見付かった。店内には抑えた音量でムード音楽が流れ、客は少なかった。

紗江子はマホガニーのテーブルを撫で、背もたれの具合を確かめるようにゆったりと椅子に体を反らせると、深呼吸でもするように息を吐いて少し目を閉じた。彰生は彼女が疲れているのだろうかと思った。

七

コーヒーの注文が済むと、

「ずっと電話もしないでいてごめんなさい」

と紗江子はおもむろに口を開いた。

「今朝、母が珍しく、西野さんとはどうなったの、なんて聞くんです。そして、何だか心配しているようなことを言うので、私もどうしていらっしゃるかしら、なんて思っていたところだったんです」

「そこへ僕の電話がいったわけですか。それは偶然だったね」

そう言いながら彰生は、やはり母親のことがこの人の心を支配しているのだと思った。

「今日は、そう遅くならないように家に帰れば大丈夫だと思います」

紗江子は、彰生の心配に気付いたかのように言った。

「お母さんはその後お変わりありませんか？」

彰生は気軽な調子で聞いてみた。

「母は……」

言いかけて紗江子は、コーヒーを運んできたウエイトレスの手元を見詰めていた。

「元気と言えば元気なんですけど、もう歳を取って弱っていくばかりのようで、この頃特にそれを感じるんです」

紗江子はそこで不意に口元の辺りをゆがませた。何かの強い感情を懸命に抑えているように見えた。

「西野さんには、なんだか申しわけないような気持ちなんですけど……、母のことは、まだしばらくわたしが見ていないと……」

彼女は俯き加減になって言った。しかしその先の言葉はなかなか出てこない。

彰生は、彼女にどう言ってやるべきかと考えた。彼には彼女の母親思いの気持ちがよく

七

わかったが、彼自身がどうすればよいのか、まだそれほど自覚して考えてはいなかった。

「でも、それは仕方のないことなんですよね。僕らが歳を取るのと同じように親も歳を取り、先に老いてゆくんだから……。要するに、どんな形にしろ、それを看取ってあげるのは子の務めみたいなものじゃないのかな。そういう僕は、親のことは兄貴に任せた切りで、今は一人でのんびりしているんですけどね」

彰生は自嘲《じちょう》するような笑いを浮かべた。

紗江子はうなずきながらじっと彰生を見た。その視線が自ずと彼の次の言葉を促した。

「僕は、木田さんのお母さんにはまだお会いしてないけれども、あなたのお母さんだから、きっと優しいお母さんだろうなと思ってます。しっかり者で、ずっと苦労してきた人だという話は、前に木田さんから聞いたけれども……」

紗江子の顔からは、硬い表情が消えていった。やがて紗江子はかすかな安堵の吐息をついた。その目は潤んでいた。

「ありがとう……。そう言ってくださるのはうれしいわ」

それから彼女は、ゆっくりとコーヒーカップを手元に引き寄せた。

「母は……」

言いかけてまた一呼吸置き、彼女は顔を上げた。

「母は、戦争中やその後の長い食糧難時代から、ずっと苦労して、貧乏と闘いながらわたしたちを育ててきたんです。父の事業失敗もあったし、病気で一人子供を死なせてもいるんです。それがわたしの妹だったんだけど……。それで母は、意地を張って頑張って生きてきただけに、貧乏とか不運や不幸には、もう慣れっこになっているみたいなの。わたしはそういう母を頼りにして、そのお陰で、ここまで生きてきたような気がする。わたしが夫と別れてから、子供を抱えて頑張ってこられたのも、母がいてくれたからだと思うんです」

彼女の潤んだ目を見ながら彰生が深くうなずくと、彼女はまた話し始めた。

「そういう母のことがよくわかっているのも、今はわたしだけなんです。名古屋にいる五つ下の弟は、四人の家族を養うのに精一杯らしいし……。わたしも決して楽ではないけれど、そんなことより何より、わたしは母を疎かにできない気がする。母を一人にして自分が好きなように生きてゆくなんて、できないと思うんです」

七

彼女は一語一語しっかりした口調で話した。

「西野さんとお付き合いするようになってから、わたしはこのことを何度も考えたんです。そしてやはり、母の老後をできるだけ安らかにしてあげたいということだけは、西野さんにもわかって頂きたいと思ったんですけど……」

紗江子の目が気弱な光を帯びて彰生を見た。

「よくわかります。あなたにとってお母さんがとても大事なのだということが……」

彰生は、とにかくそう言わなければならない気がした。紗江子の気持ちのもっとも肝心な部分に触れているのを感じていた。

同時に、紗江子の母親のことは、以前松尾良美の話で理解していたような簡単な問題ではないことが、彼にもはっきり見えてきた。

紗江子はほっとしたように、ゆっくりした仕草でコーヒーを一口飲んだ。そうして微笑みながら彰生を見た。

「西野さんのところは、息子さんが家に帰ってきたりするようなことはないんですか?」

「ええ、息子たちはたまに訪ねてきたり、電話をかけてきたりはするけれど……」

彰生は答えながら、紗江子の心が彼に向かって開かれてくるのを感じていた。

「でも普段はほとんど会うこともないし、僕もそれでいいと思ってるんです。息子たちは、一人暮らしの父親のことを少しは心配もしているんだろうけど……。もう自立したわけだから、僕はあまり息子たちに口出ししないようにしようと思ってもいるので……」

「わたしも、もう子供のことは卒業ということにしようと思っているんです。やっぱりそう思っているのがいいみたいだわ。だって、考えてみれば、もう社会に出て仕事の上では一人前にやっているんですものね」

そのとき彼女は、真一のことを考えていた。その点で彰生と考えが一致したように思われて、何となく安心した。

「どうも、僕らの話はいつも親か子供のことが話題になりがちですね。やっぱり一番気になることなんだろうな」

「それは仕方がありませんよね……。でもたまにはそういうことから離れて、自分だけの感じで過ごしてみたくなりますね」

紗江子が言った。

七

彰生は、紗江子の言った「自分だけの感じで」という言葉が心に残った。紗江子は普段、自分の気持ちよりも、老母や娘や息子への思いに引きずられながら生きているということなのか。そんな思いが胸をかすめたが、彼は彼なりに紗江子の言葉に共感を示したかった。

「僕は、その『自分の感じ』というのも、忘れてしまいそうだったんです。一人暮らしは、やはり寂しいもので、いつの間にか自分の世界を狭くしてしまう。そうするとますます、自分の空しさみたいなものばかりが気になってしまうんです。でも今は、木田さんとこうして会うことができるようになって、ほんとによかったと思います」

「わたしは今一人暮らしというわけではないですけど、それはよくわかるような気がします。わたしも、あまり人付き合いが上手ではありませんから……」

紗江子ははにかむように笑った。

彰生は、コーヒーカップに添えられた彼女の白くて軟らかそうな手を見詰めた。彼は紗江子の口からもっと明確な言葉を聞きたかった。

「だから僕は、一人でいるより二人で暮らす方が、いろんな意味で、いいんじゃないかと思うんです。紗江子さんはどうですか？」

彰生が言うと紗江子はうなずいたが、次いで出てきた彼女の言葉は彼の期待から少しずれていた。

「でもわたしたち、結婚するために必要なことは、ちゃんと解決しておいた方がよいと思います。時間はかかるのかもしれないけれど……」

「そうだね、結婚できるように……」

彰生もそう言ってちょっと考え込んだ。

紗江子の言った「時間はかかる」という言葉が彼を捉えていた。それは、「たとえ時間がかかろうとも」という意味で彼女の希望を表わした言い方に違いない。二人のためには時間をかけることも必要なのだ、と彼は改まった気分にさせられた。今までは互いの年齢を思うせいか、先を急ぐような考え方に囚われていたのかもしれなかった。

「結婚と言っても、若いときとは違って、自分たち二人だけのこと、というわけにはいかないということだね……」

彰生はつぶやくように言った。何だか、前途に暗雲のようなものを感じていた。

七

だが紗江子の目は彰生に注がれていた。彼女の言葉に懸命に応えようとした彼の気持ちが、どうやら彼女に新たな望みを与えたらしいのだ。彼女の頬が輝いて見え、今までに見たこともないほどの優しさに満ちたまなざしを、彰生は感じることができた。

コーヒーカップの受け皿に添えて置かれた紗江子の左手に、彰生がおずおずとした仕草で彼の右手を乗せた。紗江子がそれを見て顔を赤らめて微笑んだ。二人の手はテーブルの上でしばらく絡み合っていた。

喫茶店から再び歩道に出ると、夕靄《ゆうもや》の気配が漂う中を、肌に染みるような細かな雨が降っていた。あちこちでネオンがきらめき始め、道路を行き来する人々も数を増しているようだ。揺れ動いて行く色取り取りの傘が、くすんだ花のようになって街路を埋めている。振り返ると、サンシャインビルが覆い被さるように大きく見えていた。

二人は傘もないまま寄り添い、互いに腕を組んで歩いた。

歩きながら周囲を眺めつつ言葉を交わしたが、それは何でもよかった。互いの体の動きが伝わり、体温が通い合うような感じが心地よかった。二人はそれぞれに、体の心《しん》を突き動かしてくるような新しい血の動きを感じていた。

行く手に、五階建ての小ぎれいなビルが見え、ホテルの名を示すネオンが白く輝いていた。それはいかにもそれらしいどぎつい感じのネオンとは違って、何となく落ち着いた雰囲気を感じさせる光り方だった。

彰生はそれを見上げながら歩みを緩めた。

彼は女性と二人で街のホテルに入った経験はなかったのだが、今まさに、そういう建物が身近にあるのを感じたのである。紗江子を振り返ると、おどおどとして潤んだ目が彼を見詰めていた。

彼の右手が紗江子の肩に回って強く抱き寄せた。急に彼女の全身が堅くなり、ぎこちなく互いの体がぶつかり合った。二人はそのまま黙って濡れた歩道を歩き続けた。

再び明るい交差点に近付いていた。

二人は立ち止まって、どちらからともなく顔を見合わせた。紗江子がかすかに微笑んだ。不思議な安堵感が二人を包んでいた。

彰生の手が紗江子の肩からはずれ、彼女の腕がまた彼の腕に絡んだ。見上げると、サンシャインビルの大きな黒い影が夕闇の空を覆っている。街はすっかり夜の時間に入っていた。

右手に、また小さな公園があった。二人はその公園を通って駅の方に行くことにした。雨はほとんど上がっていて、湿った空気の流れが頬に心地よかった。かなり歩いた後の互いの息遣いを感じながら二人は歩いた。公園の端に並んだ木々に隔てられ、街の様々なライトやざわめきから少し遠退いた感じだ。

大きな欅の木の下を通り抜けようとしたとき、彰生が足を止め、太い幹の側へ紗江子を誘った。そこは薄暗いが静かで、やや人目を避けるような感じなのだ。彰生は、偶然見付けたその場所が、二人のためにだけあるような気がした。彼は紗江子の両肩に手を回して彼女の体を抱き寄せた。

紗江子が彼に応じ、二人は強く抱き合った。触れ合う頬の温かい感触が心地よく、彼女の髪の匂いがほどよく彼を刺激した。そのまま二人は一つになってしばらく動かなかった。

# 七

その木の下を出てから、また腕を組んで歩道を歩いて行った。行き交う人々は皆彼ら二人に目を向けることもなく、爽やかな風のように右に左に通り過ぎて行く。

池袋の大きな駅ビルが間近になるまで二人は無言だった。駅ビルの地下道の入り口が見えたとき、どちらからともなく足取りを緩めた。

「少し濡れたけど平気だね。僕ら、これでもまだ若いんだから」

彰生が言うと紗江子が楽しそうに笑った。

混雑して人いきれのする地下道を行き、紗江子の乗るJR線の改札口が近付いたところで自ずと二人は立ち止まった。顔を見合わせ軽く手を握り合った。口に出して言わずとも、また会うことはわかっていた。

## 八

西野彰生の勤務する中学校は、池袋の駅からバスを使えば十分ほどのところにある。この春に定年退職になって、その後に講師として雇われたので、週に三日出勤すればよいのである。彼は随分楽になったと思ったが、自分が定年になったのだという意識があるから、仕事に対する熱の入れ方も以前に比べれば何割か減少した感があるのは否《いな》めなかった。

その分、精神的にも肉体的にも余裕が生じるわけで、そこに紗江子のような女性が出現して、生まれて初めてと言ってもよい恋愛感情に満たされたのだから、彼が少々有頂天になりかけたとしても不思議ではない。彼も自分の孤独な老い先のことなど、うじうじと気にしている場合ではなくなったのだ。

## 八

宵の池袋で紗江子と心ときめく時間を過ごした翌日、彰生はすがすがしい気分で中学校に出勤した。さっそく朝の最初の授業をするために三階の教室に行ったのだが、授業の合間に教室の窓辺に立って池袋の街を眺めているうちにも、前日のことを思い出して浮き立つような気分に誘われるのを感じた。そんな表情を目ざとい生徒に気付かれたような気がして、彼は慌てて窓から離れて顔をしかめてみたりした。

昼の休憩時間には一人で外食に出て、ついでに普段あまりしたことのない散歩をした。学校の周囲にはそれほどよい散歩道があるわけではないが、彼は高速道路や大通りからできるだけ離れて、古い人家の並ぶ細い道を選んで歩いた。そうやって静かな雰囲気の中で自分を解放してみたかった。

頭上には薄い雲に覆われた空が広がり、行く道にあまり人影もない。ときどき小型の車が通り過ぎて行く。

彰生は歩きながら、紗江子という一人の女性が自分にとって掛け替えのない存在になるのだという、湧き上がる思いに浸っていた。昨日の紗江子との一つ一つの場面を思い出し、そのときどきの彼女の表情を思い浮かべ、何とかして一緒に暮らせるようになりたいと思った。

この歳で再婚をしてうまく行くのか。そういう心配もなくはないが、過ぎ去った六十年の間に味わえなかったものを手に入れた喜びの方が、今ははるかに大きかった。

彰生が前の妻と結婚する前後の頃に、こういう感情を味わうことはほとんどなかった。今思えば、彼自身も双方の親や周囲の人たちのことに囚われ過ぎていたのかもしれない。そうしてその後の自分の人生は、病弱の妻を抱えて忍耐の連続だったように思われてならない。

ようやく歩くのに疲れを覚えてきて、彰生はそろそろ引き返さなければならない時間だと気が付いた。すると午後の授業のことが彼の頭を支配し始めた。仕事には殊の外生真面目な彼の意識が、自ずと戻る足を速めさせた。

夏の暑さが増してくると共に、彼の中学校も学期末の慌ただしさに差しかかっているのだった。

午後遅くに勤めから帰宅すると、彰生はすぐに紗江子に電話した。

「西野？　西野さんですか？　あら、紗江子はまだ帰ってきてないんですが……」

電話に出たのは彼女の母の政代だった。彰生は政代の声を聞くのは初めてでもあり、我ながら大いに驚き慌てる始末だったが、改めて名乗って挨拶をし直し、紗江子が帰ったら電話をしてくれるように頼んだ。

「はい、伝えておきます。いつも紗江子がいろいろお世話になりますようで、ありがとうございます」

「いえ、こちらこそ……」

彰生は受話器を置いた後で、紗江子の母親について彼の抱いていたイメージと少し違うような気がした。そして紗江子が老いた母の存在をひどく気にしていたことを思い出し、彼女が再婚のための障害として必要以上に意識しているのではないかと想像した。

ほどなく紗江子から電話がかかってきた。昨日のことの礼を言い交わしたが、言葉少なでも紗江子の声が明るく弾んでいるようだった。

「お母さんは随分しっかりしていらっしゃるじゃないですか？」

「そうですか、それはどうも……。後で母にもそう伝えてみますわ」

紗江子の声はうれしそうだったが、含み笑いでもしているようだった。

次の土曜日の昼にまた池袋で会う約束をして電話が終わると、紗江子は振り向いて政代に言った。政代は夕食を用意したテーブルに向かい、紗江子が席に戻るのを待っていた。

「西野さんが、お母さんがとてもしっかりしているって、感心していたわ」

おかしそうに笑う紗江子の顔を見て、政代はちょっと膨れて見せた。

「わたしだって電話ぐらい、ちゃんと受け答えするわよ。紗江子にだってメモなしで西野さんの電話のことをちゃんと言ったじゃないの」

「そうね、これからも頼むわ。でもメモは取っておいて欲しいな……」

紗江子は政代の顔を窺いながら食事の席に着いた。何となく浮き浮きした気分であった。

# 八

今日紗江子が帰宅したときには大方食事の用意もできていた。政代は珍しくてきぱきと動いていたようで、紗江子は不思議に思っていたのだが、それは政代が彰生の電話を受けたことが刺激になっていたのだ。そうわかってみると、母もまだまだ頑張るつもりでいるのだという気がしておかしくなり、安堵感も湧いてきた。

「頼むなんて言われたって、わたしはどうせ、いつどうなるかわからないからね。そのときは、わたしの方こそ、よろしく頼むわ……」

政代は箸を持ったまま、紗江子に向かって抗議でもするように言った。

「ごめんごめん、そんなつもりじゃなかったのよ」

少し間をおいて紗江子が言った。その顔からは明るさが消えて普段の紗江子に戻っていた。

政代は自分がひどく意地の悪いことを言ったような気がしたが、この方がむしろ本当の気持ちだという気もして黙っていた。

昨日の夜、池袋から帰ったときの紗江子はいつもとだいぶ違っていた。何か充実した強い感情を胸の中に抑えているようで、政代に声をかけてからベッドに行くまでの時間もひどく短かった。それが西野という男と過ごした結果であることは政代にも理解できた。出かけるときにはむしろ沈んだ辛そうな顔をしていたのに、と政代は考え込まずにいられなかった。紗江子の抱いていたそれまでの悩みが解消して、西野との付き合いが一挙に軌道に乗ったのかもしれない。そうなると、老いた自分はいずれどこかへ身を引くべきときが、やはりくるのに違いない……。

そんなことまで考えていたから、今日その西野彰生からの電話を受けたときには、受話器を持ちながら政代は随分緊張した。その後も、自分はもっとしっかりしなければとそんなことばかり考えていたのだ。

「でも、お母さん……」

紗江子が顔を上げ、政代に笑いかけた。

「わたしに再婚を勧めたのはお母さんよ。それでわたしがようやく、西野さんという人を見付けたの。そのことをお母さんも忘れないでね」

「わかっているよ、そんなこと……」

政代はすねたように言った。

「しっかりしてね、お母さん」

紗江子が身を乗り出して政代の肩を叩かんばかりにして言うと、政代は何度もうなずいて見せ、

「わたしは大丈夫だよ。お父さんの買ったこの家があるし、いざとなれば老人ホームにだって行くから……」

無理にでも笑おうとする。紗江子はぐっと込み上げてくる涙に耐えなければならなかった。

「わたしが西野さんと一緒になったら、お母さんも西野さんの家にきてもらうようにできるといいわね」

紗江子が言うと、政代は、

「そういうわけにはいかないよ、紗江子。わたしは一人で大丈夫。病気でもしたらすぐ近くに河田病院もあるし、紗江子だって遠くへ行ってしまうわけじゃなし……」

口を尖らせて言い張るのだった。

「わかったわよ、お母さん。西野さんにもそう言っておいてあげる……」

紗江子は政代にそう言う他はなく、顔を背けてそっと涙の粒をぬぐった。

政代は紗江子の再婚が可能性を持ち始めて以来、ときどき精神的に不安定になることがあり、それが紗江子の気がかりなことだった。しっかりしているはずの自分に自信が持てなくなったという、政代の場合はそれが一番の原因に違いない。政代の老化現象と関係あるのも確かだろう。紗江子は、自分の再婚のために年老いた母親を苦しめるようなやり方はしたくないと思った。


土曜日がやってくると、朝から空には薄い雲がかかって時折夏らしい強い日射しもあって、彰生の心は落ち着かなかった。昼が近付くと彼は慣れた西武電車で早めに池袋の駅に行き、前回と同じ南口で紗江子を待った。

頭の中は紗江子のことで充満していた。一度彼女を自分の家に案内したいという願いを実現するチャンスがきたと思い、落ち着かない気持ちだった。

やがて、紗江子が地下道の階段を上がってきた。彰生は走り寄って彼女を迎えた。

八

二人は駅構内に戻ってビルの上に上がり、和食のレストランに入った。正午を過ぎて間もない頃であったが店内はさほど混んでもいず、二人は窓に面した席に案内された。向かい合って座り、見ると、東京の街が眼前に広がって、左手にサンシャインビルが高く聳え立っていた。

「この前歩いたのは、あの辺りだね」

彰生が指さすと、

「そうね……」

紗江子もその辺りに目をやった。

そのにこやかな顔を見て彰生が言った。

「今日は、映画をやめて、これから僕の家を見にきませんか？　実はそうしてもらいたいと思って、そのつもりできたんだけど……」

紗江子に向かって、こういう誘いを何のわだかまりもなく言える自分がうれしかった。

「あら、そうなんですか？」

紗江子は驚いて彼を見た。

「僕の住んでいる家を、あなたにも見てもらいたくて……」

「いいんですか？　じゃあ、ちょっとだけ……」

紗江子はそれほど迷惑そうでもなく、いつものように落ち着いていた。

彰生はほっとした。急な話なので紗江子が断る場面も予想していただけに、実際に承諾されてみると動悸の高まるのを感じた。

二人は西武電車に二十分余り乗って、降りた駅から十分ほど歩いた。その間彰生は、彼が通勤するときの様子や、妻に死なれた後に二人の息子を育てた頃の思い出を話した。

彰生の家は生け垣を巡らした小さな二階家で、紗江子の目で見ても質素な造りだ。彼が建ててからもう二十年近く経っていた。

「普段あまり掃除してなくて……」

などと照れ隠しに言いつつ彰生は、紗江子を部屋や台所に案内した。一通り家内を回ると茶の間に戻り、彼は座卓を挟んで紗江子と向かい合った。そして彰生が途中で買い込んだショートケーキを食べて紅茶を飲み、しばらく話をした。

紗江子は、カエデやツツジが何本か植わっているだけの小さな庭に目をやって、

「いいお住まいね。こういうお家だと、やはり落ち着くでしょうね」

彼女の言ったその一言が彼を安堵させた。

だが庭に向けた紗江子の横顔に何となく沈んだ表情が混じるのを見て、彰生は彼女の中に再婚についての迷いがあることを感じた。

すると紗江子は政代のことを話し始めた。

「母はこの頃、一人で家にいると不安になるらしいんです。わたしが少し遅く帰ると、帰ってこないんじゃないかと思って心配したなんて言うので、冗談かと思ったらそうでもないんです。そのくせときどき、思い出したように西野さんとはどうなったかとか、わたしのことは気にしなくていいなんて言うんですけど……」

「そういう両方の気持ちがあるんだね。そのうちにぜひ、紗江子さんのお宅へ寄らせてもらいたいな。お母さんにもお会いしたいので……」

「そうね……。わたしからもお願いしたいです」

紗江子が言った。

彼女は、彰生が再婚への熱意を持ち続けていることがうれしかった。中島克二とのことはなかったことにすればよい。この後彰生が家へきて母と会えば、どういう形にしろ、少しずつ進展するかもしれないと思った。

やがて紗江子は自分の時計を見て、

「今日はこれで失礼しますわ」

これから家まで帰る時間を考えれば、そろそろ留守の間のことが気になってくる時刻だった。

二人は玄関に出て上がり框《かまち》に立った。

そのとき彰生は、紗江子の頰の薄い輝きとほつれた髪の陰の花びらのような耳たぶを、間近に見た。彼の前に、半袖の白いブラウスに覆われた彼女の体があって、靴脱ぎに降りようとして躊躇するように見えた。

彰生は右手を回して彼女の肩の辺りを押さえ、そのまま抱き寄せようとした。そうしないで紗江子を帰すことはできない気がしたのだが、それにもかかわらず彼の動作は迷ってでもいるようにぎこちなかった。

紗江子の顔が紅潮してかすかに微笑んでいた。二人は抱き合って頰を寄せ合い、彰生の唇が紗江子の唇を捉えた。それはおずおずとした短い接吻だったが、その柔らかな温かい感触が体全体に新鮮な喜びを伝えた。互いの息遣いが首筋の辺りにかかるのを感じ、そのまま二人は熱い頬を触れ合わせて動かなかった。

やがて紗江子が顔を上げて、体を離そうとした。

「今度また、きますから……」

ほとんど息遣いだけのような紗江子の声だった。彰生は思わずうなずいていた。

八

次の週の日曜日に、紗江子は彰生をマンションの自宅に招いた。政代はにこやかに彰生を迎え入れ、紗江子をほっとさせた。

彰生は喜んで部屋に上がり込み、政代のいれたお茶を飲んだ。彼は自分についていくつかの話をし、紗江子も中に入って、戦争直後の時期の政代の苦労話の一端も聞くことができた。

自宅に帰ってから彰生は、初めての訪問は短時間ではあったがひとまず成功と思った。だが、後で紗江子に聞くと、彰生の訪れに対して政代はひどく興奮した様子だったと言う。それで彰生がよくよく思い出してみると、政代が彼を娘の再婚相手として歓迎したのかどうか定かでなかった。

特に最後の方で交わした次のような会話が、改めて思い出されてきた。

「僕はずっと教員をしてきたので、あまり世間的な苦労も知らないのですが、お母さんのお気持ちはよくわかります。またぜひ、いろいろと聞かせてください」

彰生が親しみを込めてそう言うと、政代は、

「わたしはもうこんな歳ですから、お役には立ちません。どうかご心配くださいませんように。紗江子にもよくそう言っているんです……」

そう言って、最後まで他人行儀な姿勢を崩さなかったのだ。

彰生は少なからず落胆した。紗江子は、そのうちに母もきっと慣れてわかってくるからと言って彼を慰めた。

実のところ、紗江子としてもショックを感じたのは、政代が紗江子に再婚させようと心配していた二、三年前とはまるで違い、柔軟な大人の態度がなくなってだいぶ頑なな表情を見せるようになってきたことだ。母も歳を取ったのだな、と紗江子は、改めて自分に重

くのしかかってくるものを感じないではいられなかった。

仮に彰生が自分の前から去って行くなら、それも仕方がない。そのときまで、彰生と一緒にいる時間を大事にして生きてゆきたい。それが自分に残された唯一の我がままかもしれない、と紗江子は、ひとまず自分で納得する他はなかった。

## 八

彰生の勤める中学校も夏休みになった。暇をもて余し気味の彰生は、暑い盛りのある日、午後遅くに兄の住む実家を訪ねた。前日兄に電話したら一緒にビールを飲もうと言ったのである。

実家は世田谷の代田にある古い家で、その奥の部屋に老いた両親が暮らしていた。平日でもあり、役所を退職してから名誉職のような肩書きを持つ兄は、夕方に帰ってくることになっていた。彰生は義姉に挨拶をして奥へ行き、寝た切りの父親とその世話に明け暮れする母親に会いに行った。

彰生が父親の寝ている部屋に入って行くと、すぐそれとわかる異臭が鼻を突いた。困ったような顔をして父の寝床の脇に座った母親に、彼は「わかっているよ」と言うようにうなずいて見せた。九十をとうに越した父親は彼の顔を見て薄笑いを浮かべただけで、話しかけても何も言わなかった。

「お父さんは耳は聞こえるみたいだけど、この頃は何も言わないよ。言葉を忘れたようだよ」

母親は抑揚もなくそう言ってから、

「それより彰生、誰だかいい人を見付けて再婚するって、ほんとなの？」

目を丸くした顔を彼に向けてきた。

紗江子との見合いには彰生の姉が一役買っていたのだが、実際に見合いをすることになったとき、彰生は兄にも電話で話しておいた。母は兄や姉から話を聞いているだけなのだ。だからその後の報告をするのが今日きた彼の目的でもあった。

「ああ、とてもいい人でね、できたらそうしたいと思っている。それが決まったら、また知らせにくるよ」

「へえ、本当に……」

母親は信じられないとでも言うふうに微笑んだだけであった。

八

母親は昔のようにしゃべらなくなった、と彰生は思う。父の面倒を見ながら母親自身も老いてゆくようだ。この母親も八十半ばになるのだから仕方のないことだと思いつつも、この部屋へくる度に彼は、父と母二人だけの落ち着いた静かな雰囲気があるのを感じて、何となく安心して帰ることができた。彰生の姉や妹が、義姉はこの頃父の世話を嫌って部屋に入ろうともしないなどと、陰で不満を言うのを聞いてはいたが、そんなことよりも前に、兄や義姉に感謝したいのが彼の正直な気持ちだった。

兄が帰ってきた様子なので彰生は父の部屋を出た。

六十五になる兄は相変わらずの酒好きで、彰生が紗江子との交際の進展ぶりを掻い摘んで話すと、

「へエー。おまえ本当に再婚する気があるのか……。信じられんなあ。よくそういう相手がいたもんだな」

兄はしきりと感心し、機嫌よくビールを飲み続けた。

彰生はあまり長居をするつもりはなかったから、座り込んだ兄をそのままにして帰ることにした。玄関まで送りに出てきた義姉に、

「さっき会いに行ったら親父は何もしゃべってくれなかったけど、機嫌はよさそうだった。またお袋にも会いにくるので、よろしく……」

彼が言うと、義姉は済まなそうな笑いを浮かべてうなずいた。

義姉は彰生より三つぐらい下のはずであるが、六十五を過ぎても元気で外に出て行くことの多い兄に比べて、その妻である彼女はいつもどことなく寂しそうなのであった。

彼は帰る道で、紗江子が母親を思う気持ちを自分の場合と比べてみた。自分は小さい頃から兄の陰に隠れた存在で、今もって脇道ばかり行くような生き方をしているが、だからと言って格別親に不満を抱くこともなく、母親に対しても特別の思いはない。親の死に遭えば涙が流れそうな気もするし、素直に野辺の送りもできそうに思われる。

紗江子があれほどに母親を思わずにいられないのは、同居しているせいもあるが、やはり不幸が重なったゆえに違いないと彼は思った。そういう紗江子の気持ちが彼にはよくわかるような気がした。

老いた親を抱える紗江子と一緒になることを考えると、その生活は並大抵ではないと想像も付くが、それよりも彼の中では、紗江子と共に暮らす生活を実現したいという気持ちの方が遥かに勝っていた。愛する人の親と一緒に暮らして、そのために新たな負担が生じるとして、いったい何の不満があろうか……。

「僕は、紗江子さんのお母さんが、紗江子さんと一緒に僕の家へくることを承知してくれるまで、いつまでも待ち続けるよ」

ある時、右手に持ったワインの赤い色を見詰めながら彰生がつぶやいた。たまにはステーキを食べようと彼が言って、紗江子と渋谷のレストランに入ったときのことだ。

「母がそれを承知してくれるのは、だいぶ時間がかかりそうだわ。ときどきそれとなく、話してみてはいるけど……」

言いながら紗江子の顔が曇った。

彰生はそれを見て紗江子の優しさをこそ感じても、そういう紗江子をいらだたしく思うことはなかった。

# 八

# 九

外回りの仕事をしていると夏の蒸し暑さは体にこたえる。街を行くのにタクシーを使えば自前で払わねばならず、収入源に直結するからそれもままならぬことである。喫茶店などに寄って冷たい飲み物にあり付きたいこともあるが、紗江子はそれよりも、できるだけ早く帰社して休息しようと頑張ることが多い。

社屋に設けられた控え室は厚いガラスに隔てられ、決して広くはないが気分は休まる。紗江子はソファーに腰を下ろして冷やしたお茶を飲みながら、居合わせた他の仲間と少し雑談をした。帰りに松尾良美とちょっとだけ喫茶店に寄る約束なので、その時を待つ間のことだ。

良美は先ほどから中島課長と何やら書類を手にしながら話し込んでいて、その姿がガラス越しに紗江子の目にも映っていた。

「木田さん、さっきから、やたらと課長さんの方を気にしているみたいだけど、帰りに何

九

かお約束でも？」

コーヒーカップを手にした一人が紗江子に言った。

「まさか。冗談もほどほどにしてよ。わたしは松尾さんに用事があるのよ」

紗江子が言うと、

「なーんだ」

相手は素っ気なく言ってコーヒーを飲み始めた。

周囲に具体的なことは何も知られていないはずにもかかわらず、中島課長と紗江子の間に何かあったかのようにしきりと勘ぐる者がいて、紗江子も噂の種にされていたらしいのだ。暇つぶしに過ぎないにしても、女の噂話の種は夏の虫のようにひっきりなしに生まれては消えて行く。それがすべて、あながち根拠がないわけでもないのが不思議でもある。

中島がその後も紗江子に対してそれとなく気を遣っているのは間違いないことで、紗江子は、それが秘密暴露を恐れる中島の保身術なのだろうと思った。

それにしても、外交の女性たちを適当に操りながら可もなく不可もないという、中島の割り切った仕事ぶりには感心させられる。聞けば、中島は後一年ぐらいのうちに退職する予定で、その後の余生について着々と手を打っているらしいという。中島にとっては会社の命運さえもさして問題ではないように見え、紗江子は、中島克二という男は類《たぐい》まれなエゴイストなのかもしれない、と思ったりするのだった。

ようやく仕事から解放された良美と一緒に紗江子が営業三課の部屋を出たとき、時計はとっくに五時を回っていた。

「あの課長、意外に融通が利かないのよ。せっかく契約が取れるかもしれないというのに」

良美は憤懣《ふんまん》を露わにして言った。そして紗江子を振り返り、

「木田さん、たまにはあなたもあの課長に何か文句を言ってやってよ。木田さんにだけはいつも優しい顔をするって誰だか言っていたわよ」

「文句の種があればわたしだって言うけど、今のところ何もないのよ」

紗江子が言い返すと、

「まあ、あなたはそうかもね」

良美は仕方がないという顔で笑った。

九

紗江子は良美ほど手柄を立てる気もないから、中島と渡り合う場面などほとんどない。特に最近は、中島が有能であるかどうかなど関心がなくなった、というのが正直な気持ちだ。だからなおのこと、良美のバイタリティには改めて感心させられるばかりである。それにしても良美が、紗江子にまつわる噂に頓着ないのはありがたかった。

二人していつもの喫茶店に入ってコーヒーを注文し、それを受け取ってカウンター席に腰を落ち着けた。

「お母様はお変わりないのかしら?」

良美は、紗江子の顔を見ながら最初にそう尋ねた。

「母はそれほど変わりはないけれど、このごろすっかり気が弱くなったわ。わたしが側にいないと駄目かもしれない、なんてときどき考えちゃうの」

紗江子は、先ほど携帯電話で自宅に連絡を取ってみたときに、「早く帰っておいでよ」と二度も言った、政代の頼りなさそうな声を思い出していた。この頃は紗江子が出先から電話をすると、その内容のいかんに関わらず、最後に政代は大抵そう付け加えてくるのだ。

良美は黙って目を落とした。それからまた顔を上げて、

「それで、西野さんとのお話はどうなっているの？」

「西野さんとは、まだしばらくお付き合いを続けたいと思うの。わたしの話をよく聞いてくれるし、頼りになりそうだし……」

「ああそう、よかったわ。たまにはわたしにもお話ししてよ。おぼこ娘じゃあるまいし」

良美がいつもの調子で陽気に言った。

また「案ずるよりは産むが易し」などと良美が言い出しそうな気がして、紗江子はどう話を繋げようかと焦った。

紗江子にとって、彰生とときどき会って過ごす時間は楽しい時間だった。しばらくはこのままでよい、彰生もそう言ったのだ。それでいて紗江子自身も気がさしてならないのは、老母の存在に困り果てた結果の単なる優柔不断ではないかという疑いが付きまとうことだった。それは何となく後ろめたく、罪悪感のようなものさえ漂うのであった。

「母の気持ちも聞いてあげなくてはならないし、わたしたちの都合を押しつけることもできないと思うの。だから結論を先延ばしにしているようなものだわ。西野さんには悪いん

だけど……」

それは紗江子の正直な気持ちだった。

「お母さまは、昔気質《かたぎ》なところもおありなんでしょうね」

良美は一応紗江子の言い分を認めた。政代が夫の残した家を守ろうとする気持ちがあるのは彼女も知っていた。

「木田さんも大変ね。でも、あまり考え過ぎると、うまくゆくはずのことも滞ってしまうわ。お母さまもお年を召すばかりなんだし、思い切って進むことも、ときには必要じゃないかしら……」

良美の真剣な目が紗江子を見詰めていた。

紗江子は、良美に対していつまでも明確な返答ができないことを済まないと思いながらも、母の気持ちを第一に考える自分が間違っているとも思えないのだった。

「余計なことを言ってごめんなさいね。でも何か困ったことがあったら、わたしにも話してね。一人で悩んだりしないで……」

良美はとうとうそう言って話を切り上げた。

紗江子は、良美にいろいろ言われてみればその通りに思われた。

現状打破が困難ならいっそのこと、再婚など考えない単なる友達付き合いにしようか。紗江子はそう考えたこともあったが、そうすると何だか急に気が抜けそうで嫌だった。

お互いを大切に思い一緒に生活したいならば、たとえ老齢に到ろうとも結婚し入籍するのが最善ではないか。彰生もそういう意味のことを紗江子に言ったことがある。その点で二人の考えは一致していても、現実が思うように動かないのは、必ずしも人のせいばかりではない。

紗江子自身は、夫に裏切られた失意の結婚生活を取り返したいと思い、人生の終わりを心から支え合うことのできる相手を求める気持ちに変わりはないが、老母の問題などの理由があるにしても、良美の言うように、前に進む勇気がないとしか見えないだろう。

紗江子は、いつの間にかもとの飽き飽きした自分に戻りつつあるのを感じて、歯がゆい気持ちになった。

週末がやってきたので、紗江子は自分の方から彰生に電話をかけることにした。

九

紗江子からの電話を受けて、軽い晩酌の渦中にいた彰生は、はっと目が覚めるような気分だった。

「紗江子さんですね。どうかしましたか?」

思わず彼はそう訊いた。この頃は彰生の方から電話するのがほとんどだったから、彰生が驚くのも無理はないのだが、

「この前、彰生さんがした釣りの話、おもしろかったわ。今それを思い出したものだから……」

紗江子はいきなりそんなふうに言った。いつになく積極的な自分を見せたい意識が働いた。

彰生は、前回会ったときレストランで食事をしながら紗江子に、釣りの経験談をいろいろと話して聞かせたのを思い出した。

「あの後で母にも彰生さんの釣りの話をちょっとしたら、わたしの父も若い頃から釣りの趣味があったらしいの。わたしも、父が釣りに出かけるのを見た覚えがあるわ」

「そうだったのか。実は僕は、この前の日曜日にも、釣り仲間と多摩川の上流に行ってき

たんです。その話もこの次にしようかな」

「そう、ぜひ聞かせてください。彰生さんも父に似て釣りが好きとは思いもしなかったわ」

紗江子は喜んで言った。

自分は釣り好きか、と彰生はちょっと考え、釣り好きと標榜するほどでもない、とすぐに思った。彼が紗江子にすることのできる釣りの話と言えば、物珍しさや失敗談に類した話ばかりになりそうだった。

今年の夏休みは去年までとは違い、講師稼業の彰生にはのんびりした長い夏休みであったにもかかわらず、紗江子とのことが思うように進まず、何となくいらいらさせられていた灼熱地獄《しゃくねつじごく》の夏でもあった。その気晴らしのためもあって、彼は近所に住む友人に誘われるままに何回も川釣りに出かけた。そんなわけで今年は格別に釣りに行く回数が増えたのだ。

紗江子が釣りをしたいのかと思い、彰生がそれを訊いてみようとしたとき紗江子が言った。

# 九

「今度、公園を散歩したらその後で、ビヤホールにも行ってみませんか？」

彼は思いがけない提案にちょっと驚いた。

紗江子と二人で居酒屋などに行って飲んだことは一度もない。それは彰生が外で飲み回るような酒好きではなかったせいもあるが、もともと紗江子の雰囲気が酒とは縁がなさそうに見えたのだ。彼は酒などに誘えば彼女に嫌われるような気がしていた。

紗江子は、良美たちとビールを飲むぐらいの付き合いをしたことはあるが、男性と飲みに行ったことはないと彰生に話した。

「彰生さんと一度、そういうところへ飲みに行ってみたらどうかしらと思って……」

紗江子は意外なほど屈託なく言い、彰生も異存はなかった。

電話を切ってテレビの前に戻ると、彼はひどく愉快になってきた。だいたい二人とも今まで堅過ぎたのだ、と、誰にも負けないくらい堅物で通る彰生が考え始めた。

ただ食事をして話をするだけでは、いずれ飽きがきてしまうではないか。紗江子の懐具合もわかってきて、そう目新しいレストランを漁《あさ》るわけにもいかないからなおさらだ。ビヤホールに行くなら、その後でカラオケに行ったっていいかもしれない。彰生はそう思ったが、彼自身の歌える歌がろくにないから紗江子にそれを言うのはやめにした。

二人は土曜日の午後に新宿で待ち合わせて、まず新宿御苑に行った。夏の終わりの公園は季節はずれのようでもあったが、晴れて明るく、草花や木々の話をしながら苑内を歩き回った。

それから二人は芝生に腰を下ろして苑内の風景を眺めた。芝生の広場はよく見れば緩やかなうねりもあって、そのあちこちで子供連れの家族や様々なカップルが戯《たわむ》れている。耳を澄ませば確かに都会の騒音は絶え間なくあるのだが、それらはすべて公園の緑の向こうで群がる小虫のように飛び交っているだけのようだ。

彰生は手を伸ばして紗江子の手をそっと握った。彼女はすぐに応じてきた。彼が両手で撫でるようにして彼女の手を引き寄せると、腕と腕とが触れて体温が伝わり、彼はその場で彼女を体ごと引き寄せて抱きたいと思った。

そのとき紗江子は彼の手を離し、ゆっくりした動作で立ち上がりながら言った。

「あちらに植物園があるみたいだわ。行ってみませんか？」

それから二人はガラス張りになった植物園の中を一通り見て、公園を出た。

夕方の赤みがかった斜めの日に照らされた街を歩いて、目指す大きなビヤホールを探し当てて中に入った。彰生が学生時代に何度か入ったことのあるビヤホールだった。

店内は薄いライトに照らされていて、焦げ茶色の大きなテーブルがいくつも並んだ広いホールだった。すでに客はかなりの入りで、まるで夏の盛りのように白い泡を吹いたジョッキが無数に見えた。

「昔と変わらない感じだな」

「そう。お店の名前がいいわ。『ライオン』なんてね、元気が出そうよ」

二人は気分よくビールを飲んだ。紗江子は少ししか飲めないと言いながら、グラスを傾けては気持ちよさそうに息を吐いた。

彰生が、多摩川の上流できらきら光る鮎を二回も釣り落としたという話をし、紗江子は、子供の頃父の釣ってきた魚を見た記憶があって、あれは鮎だったに違いないと話した。紗江子は釣りなどの経験は皆無なので、せめて彰生と一緒に川べりや海辺を散歩したいと言った。彰生も、たまには二人で広大な海を眺めて胸一杯に空気を吸ってみるのもいいと言った。

そのように都会を離れてどこか遠くの自然の中に行く空想は、現実のしがらみを忘れさせる。しかし止めどなく空想を続けるのはかえって虚しくなるものだ。

ジョッキが空になると、二人はビヤホールを出た。新宿の街はネオンに満たされていたが、まだ宵の口で、ビルに挟まれて見える空には青い色が残っていた。二人は雑踏の中を、腕を組んで賑やかな方へ、賑やかな方へと歩いて行った。ビールを飲んだ後の火照《ほて》った顔に絶えずなま暖かい街の空気が触れ、道の角では時折思い出したように涼しい風が吹き当たってきた。

歩きながら紗江子の肩に回した彰生の右手が、彼女をしきりと引き寄せようとしていた。交差点で立ち止まったとき、紗江子が思わず息を吐いて彰生の胸に顔を寄せた。

「ほろ酔い気分て、いいわね。なんだか楽しくなってくるわ」

「紗江子さんがほろ酔い気分になるなんて、僕は初めてだ。今日は愉快だ」

彰生は、白い顔に朱の差した今日の紗江子がいっそう美しく、この上なく魅力的に思われた。

「今夜はこのまま離さなくてもいいですか？」

九

どうするという当てもないままに、彼は不意にそう言った。冗談と受け取られても構わないつもりだった。

するとおかしそうに笑いかけた紗江子が、いっそう彼に寄り添ってきた。彰生の右手に思わず力が加わった。

紗江子は何も言わない。何か考え込んでいるようにも見えた。

二人はすでに西口のビル街まできていた。

そのとき、爽やかな春の音楽のメロディーが聞こえた。紗江子の携帯電話が着信を知らせているのだった。大きなビルの下の石段の脇で、紗江子は電話を耳に当てた。

彰生は広い歩道の端に立って、何も見えない夜空やすぐ先にある公園の森をぼんやり眺めていた。

やがて紗江子が彼に駆け寄って言った。

「ごめんなさい。わたし、帰らなければならないわ。母が……」

電話は上の娘の恵美からで、政代が家の近くの路上で転んで大けがをし、命には別状ないが、救急車で近くの外科病院に運ばれたところだと言うのだった。動転しながらも、すでに政代が病院にいると知ったことで、紗江子は落ち着きを取り戻そうとしていた。

二人はすぐに新宿の駅に向かった。

「明日にでも電話します」

新宿駅の改札口を入ったところで紗江子が言い、私鉄のホームに向かって急ぎ足で去った。

取り残された彰生は、そのまま彼の暗い家に帰るのが何だかひどく空しかった。ともかく山手線の電車に乗り、池袋の駅まで行ってからまた外に出た。紗江子が明日電話してくるのはわかっているのだ。そのときに彼女の母親の状態が具体的にわかるだろう、と彼は考えた。

池袋の街は夜に入っていっそう賑やかだった。彼は駅の近くを歩き回って、ようやく以前友人ときたことのある店を見付けた。焼き鳥の煙が立ち込める中で、彼は黒ずんだ顔の男たちに交じってビールを飲んだが、あまりうまいとも思えなかった。紗江子のことが気になっていた。

その店を出ると、古い記憶をたどるように駅周辺の歓楽街を無目的に歩き回ってみた。

昔、妻の道代が病気をし入院が長引いていた頃、何度かこの歓楽街に足を踏み入れたことがある。一人で迷い込むように飲み屋街に入り込んで行って、悪酔いして帰ってきたこともあった。それは彼が誰にも語ったことのない、何となく罪悪感の潜む思い出であった。

今は紗江子がいる。これから先の人生を、紗江子抜きでは考えたくない。酔いの回った頭で紗江子のことを思い続けて、彰生はようやく疲労感に満たされて駅へ戻る道を求めた。

## 十

彰生と別れた紗江子が、恵美からの連絡で知った外科病院に駆け付けたのは八時に近い時刻であった。居合わせた医師の説明によると、政代は腕を骨折し膝も打撲しているということで、このまま入院して明後日あたりに骨折箇所の手術を受けることになるという。

政代は、白い布を巻かれた右腕を薄掛けの上に出して病室のベッドに寝かされていて、側には三歳になる純《じゅん》を連れた恵美が付いていていた。

政代は紗江子の顔を見ると、

「ああ紗江子、済まないね」

と言って泣き出した。紗江子が手を握ってやると、

「夕方になったのに、紗江子がなかなか帰ってこないから、今日はどうしたのかしらと思って……。そうしたら電話がかかってきて、出たらすぐ切れちゃったもんだから、心配になって……」

政代はそんなことを繰り返し言った。

紗江子が、彰生と新宿で会って夕食を共にしてから帰ると政代に告げて、家を出たのは三時少し前だった。その後家に電話をかけてはいないから、政代の受けたのは間違い電話か何かであったのだ。そのために政代が一人で心配し出し、頭が混乱してしまったらしい。それで慌てていたために事故を起こしてしまったのだろう。

恵美の話では、紗江子のマンションに行くつもりで息子の純を連れて公園の脇を通った

とき、曲がり角のところに人だかりがしているのを見た。近付いて見ると、歩道の端に倒れていたのが祖母の政代だった。側に若い警官がいて、向こうからきた自転車を避け損なって腕と膝を打ったのだと恵美に説明した。政代は意識ははっきりしていたが動けないので、救急車で病院に運ぶとも警官は言った。

間もなく来た救急車に運び込まれた政代を見送って、恵美が紗江子のマンションに行ってみると、政代は鍵も掛けずに出て行ったらしく玄関のドアが開け放したままになっていた、と恵美は呆れ顔で話すのだった。

恵美が純の手を引いて帰った後で、ベッドで眠り込んだ政代を見届けると、紗江子は自分のマンションに帰ってきた。

するとその物音を聞き付けて、隣に住む女がエプロン姿のままでやってきた。女は紗江子より十ぐらい年下の主婦で、救急車で運ばれて行った政代のことを心配しているのだった。

紗江子が政代の入院した様子を話すと、

「昼間は、おばあちゃんが一人になっちゃうし、いろいろご心配だわねえ。老人施設に入るのも、今はなかなか大変らしいし……」

隣の女はそんなことをひとしきりしゃべってから帰っていった。

恵美は事故の現場にきていた警官に、

「徘徊癖も出てくるお年頃のようですから、どうか気を付けてあげてください」

と言われたという。恵美が政代を指して祖母だと言ったので、若い警官は親切心でそう言ったらしい。聞いて恵美は驚いたというが、紗江子も、政代に関して初めて徘徊癖という言葉を、しかも警官から言われたというのでショックを受けた。そう言われてみると心当たりがある気がしたのだ。何の用で出かけたのか忘れたと言って帰ってきたり、近くの店へ行ったはずなのに帰りがひどく遅かったりするのだが、紗江子はそれほど気にかけてはいなかった。

老化現象の見える政代のことで近隣の人に関心を持ってもらうのはよいとしても、いろいろ心配や迷惑をかけることがあると、紗江子もそう見過ごしてばかりはおれない。母はまだしっかりしているからと思っていても、それがいつまで当てになることか、と、そう思っていた矢先の、今日の事故であった。

病院から戻ってきて自宅の部屋で一人になってみると、紗江子は何となくほっとする自分を感じた。今日一日の疲れを感じると同時に、これでしばらくの間、母の体を病院に預けて置けると思った。

それにしても、今夜、もし携帯電話がなかったら自分はどうしていたろう。そう思うと紗江子は心が凍るような気がした。そうして、母の事故が新宿での自分の行動を引き止めたということを、嫌でも考えないではいられなかった。

恵美からの連絡が届かなければ母の入院を知らず、彰生と一緒に、どこでどう過ごしていただろうか。アルコールによる勢いは否定できないにしても、今日は互いに若返ったような気分に浸ろうとしていた。紗江子自身、彼にどこまでも応じたい気持ちになっていた。

最初にビヤホールに行こうと誘ったとき、彼女はすでに、何か変化が起こることを望んでいたのだ。どうなるにしても、彰生という男を信じてみようと思ったし、何かしら自分の中に強い欲求があった。男と女が再婚したいと思えば、それはきっと起こりうることなのだ。だから年相応の体と行動をする自分であればよい。そういう自分を試して彰生の本

# 十

心を確かめようとしたのだ。そういう意味で、紗江子は後悔したり反省したりすることはないと思った。

しかしそれが政代の事故という事態に遭遇すると、改めて彼女自身の抱える現実を突き付けられたようで、何だか恐ろしくなった。

テーブルの上には電気ポットがあって、湯のこぼれた跡があった。政代は何かやりかけていて外に飛び出して行ったのに違いなかった。

そのとき電話が鳴り、紗江子が出てみると恵美の声である。

「ああ、ごめんなさい。恵美には後から電話するつもりでいたのよ。今日はどうもありがとう」

紗江子は改めて恵美に礼を言った。恵美がいてくれたお陰でどんなに助かったかしれない。恵美もそれを察している様子で、

「でも、今日わたしが行かなかったら、おばあちゃんがどこへ行ったかわからなくて，ママが大変だったんじゃないかしらと思って……」

「ほんとによかったわ、恵美がいてくれて……」

# 十

そう言いながらも紗江子は後ろめたい気がしてならなかった。恵美にも彰生のことを直接話したことはないのだった。

紗江子は、恵美が今日訪ねてきた理由を何も聞いていないことに気が付いた。平日の、しかも夕方近くに、純を連れて二人だけでくるというのは滅多にないことだ。

「ところで、ばたばたしていて訊きもしなかったけど、今日は何か用でもあったの？」

「いいえ、特別なことはないんだけど……」

恵美はちょっと言い淀んだ。

「このごろ和伸さんが夜遅くなることが多いの。今日も遅くなるらしいので、ちょっとおばあちゃんのところへ行って、たまには一緒にご飯食べさせてもらうのはどうかしらと思って、純に言って……」

「それはいいけど、和伸さんが夜遅くなるって、仕事のためでしょ？」

「そうだろうと思うけど、よくわからないわ。酔っぱらって帰ることも頻繁だし……」

恵美の口調に少し投げやりな調子が感じられた。紗江子は思わずおろおろしそうになった。

「家にいるときに、和伸さんによく聞いてみればいいじゃないの」

「うん、それはわかってる……」

「大丈夫なの？　恵美がしっかりしていてくれなきゃ、ママは……」

「ママ、心配しないで。変なこと言ってごめんなさい。また近いうちにそちらへ行くようにするわ。おばあちゃんのこと、大事にしてね」

ようやく、いつものしっかりした恵美の声を聞いて、紗江子は電話を終えた。

予想外のことでさらに心配の種が一つ増えたような気がして、紗江子は気が重くなった。老母のことで精一杯である自分が、ひどく頼りない存在のように思われた。そうしていつの間にか自分の方が、娘たちの存在を心の支えにしていたことを改めて知るのだった。

紗江子にとって、恵美は子供の頃から自慢の娘と言ってよかった。紗江子はそんなことを人に言ったことはないが、下の娘の由里と比べても、頭もよくしっかりしていると思い続けてきた。今までも何かにつけて紗江子を心配させるのは、大抵由里の方だった。

恵美には、結婚生活に失敗した自分の二の舞だけはして欲しくない。今度恵美に会ったら、そういう気持ちを少しでもあの子に言ってやらなければ……。

一人で下宿している真一はその後どうしているか。あの子のことは考えても仕方がないと思いながらも、今夜は何だか妙に胸の痛むのを感じる。真一に祖母の入院を知らせる手紙を出して見ようか……。

紗江子はそんなことを繰り返し考えながら、自分のベッドに潜り込んだ。しばらくは寝付かれぬまま暗闇を見詰めていた。

紗江子は彰生のことを思った。彼の存在がいっそう深く彼女の心を捉える今になって、次々と試練が襲ってくるかのようだ。

十

政代の腕の手術が済んで三日ほど過ぎてから、紗江子は勤めの帰りに、彰生と渋谷で会って夕食を共にすることにした。前回新宿で会ってから一週間経っていたが、紗江子は久し振りに会うような気がした。

彰生が紗江子にご馳走したいと言い、駅舎に接続したデパートの上階にあるウナギ屋に入った。

「ウナギなんて、ほんとに久し振り。元気が付きそうでうれしいわ」

そんなふうに喜ぶ紗江子を見ると彰生もうれしかった。

「お陰様で、母は思ったより早く回復しそうだわ。お医者様に歳より若いなんて言われて喜んでいるのよ」

「それはよかったね。早く退院できるといいね」

「ありがとう……」

そう言った後で紗江子の顔が思わず曇った。

政代の状態がよくなったとしても、高齢であるだけに全治するのが長引いたり、足や腰に事故の後遺症が残る可能性もある。そうなれば紗江子の再婚などおぼつかないかもしれない。その悪夢が、彼女が一人で家にいるときにも、時折頭の中に黒雲のように浮かぶのであった。

彰生は紗江子に希望を失わずにいて欲しかった。

「僕は、お母さんのお見舞いに行きたいと思うけど、どうだろう?」

彰生が言うと紗江子はちょっと考え込んでから、ようやく承知した。

入院といっても外科なので、術後の回復さえ順調であれば特に心配はない。政代も、目に見えて回復し始めた今なら、案外に気持ちよく彰生に会ってくれそうだと紗江子は思った。新宿で紗江子が彰生と会っている最中に政代の事故が起きたということが、紗江子の胸に微妙な影を落としているが、彰生が見舞いにくればそれを吹き払うきっかけになるような気もした。

十

翌日の夕方、勤め帰りの紗江子が病院に直行すると、政代はすでに食事を済ませていた。

やがて、六時半頃にという約束通り、彰生が訪ねてきた。彼は入り口で顔をのぞかせ、紗江子を見付けるとすぐに病室に入ってきた。

病室のベッドは六台あって、政代の他に三つのベッドが塞がっていたが、いずれも政代同様白髪の目立つ老女で、付き添いも見舞いの者もないままに、体を丸めて寝込んでいた。

政代は右腕を肩から吊って、半分起こしたベッドに背を持たせていた。腕よりもむしろ膝の打撲傷が痛むのであった。

紗江子が立って彰生を呼び寄せると、政代はにこにこして迎えた。

彰生は、持参した小さな赤い花束を政代に渡しながら見舞いの挨拶をした。すると政代は明確な発音で応えた。

「紗江子がいつもお世話になっていますのに、わざわざお見舞いをありがとうございます」

「いいえ、もっと早くきたかったのですが……。この前は、夜分にお伺いしたりして済みませんでした」

彰生が言うと、

「ああ、そうね、わたしを送ってきてくれたんだわ」

と紗江子が言い、政代も思い出してその礼を言ってから、彰生の仕事のことなどを尋ねた。

「まだしばらくは中学校の講師を続けるつもりです。健康には自信がありますから」

「それはようございますね。わたしは紗江子に面倒掛けるばかりになってしまいましてね……」

十

「紗江子さんは大丈夫ですよ。お母さんも安心なさってください」

「ありがとうございます……」

政代の表情は少し硬く、受け答えも通り一遍な感じだったが、彰生に対する態度は以前よりもずっと好意的であったので、紗江子はともかくも胸をなで下ろした。

彰生は最後にこう言った。

「お母さんのお元気な様子に、僕も安心いたしました。またそのうちにお宅の方へお伺いさせて頂きますので、今日はこの辺で失礼します」

「ありがとうございます。ぜひお出でくださいまし……」

政代も丁寧に答えた。

病室を出た彰生の後を追ってきた紗江子が、彼に言った。

「母は彰生さんに見舞ってもらってよかったと思うわ。今日はどうもありがとう」

「僕もお見舞いできて、ほっとしたよ。お母さんはやはり、とてもしっかりした方だね。どうか、くれぐれもお大事に……」

彰生もそう言って、病院の玄関で紗江子と別れた。別れ際に紗江子は彰生の手を両手で強く握った。

彰生はそこに立って振り返り、建物の中に去る彼女の後ろ姿を見送った。紗江子の安堵した笑顔がいつまでも彼の頭から消えなかった。

足早に病室に戻った紗江子は、すぐにベッドに近寄って政代の様子を見た。政代は目をつぶり、眠っているようだった。ふと紗江子は、彰生を送りながら駅まで行ってもよかったかなと、少し口惜しい気がした。

だが、彼女がベッドの脇の椅子に座ろうとして、もう一度見たとき、少し向こう側を向き加減の政代の顔に、目を閉じたままで何かの強い感情を示す表情があった。紗江子が思わず首を伸ばして見ると、政代の閉じた両の目から涙の筋が向こう側へ流れているのだった。

「お母さん……」

紗江子は腰を浮かして政代の顔をのぞき込んだ。

政代は薄く目を開けて紗江子を見、少し微笑んで言った。

「うれし涙だよ」

十

「どうして涙なんか……」

「紗江子が再婚できるなんて、ほんとに、思わなかった。いい人だと思うよ。紗江子に似合いの人だよ。わたしは、もう思い残すことはないと思ってね」

「何言ってるのよ、お母さん。もっと元気になって……」

「わかってるよ。紗江子にはこれ以上心配かけたくないからね」

そう言って政代はまた目をつぶった。それから途切れ途切れにこんなつぶやきを漏らすのだった。

「紗江子が幸せになってくれれば、何も思い残すことはない……。紗江子の言う通りにするよ……。頼むよ、紗江子……」

「お母さん……」

紗江子が政代の手を握ると、政代も握り返してくるのがわかった。

# 十一

政代は順調に回復しているようで、リハビリ治療にも懸命に取り組んでいるのが紗江子にもわかった。

二週間が過ぎて、退院の見通しも付くようになると、紗江子は、少しずつ自分にも希望の光が蘇ってくるのを感じた。政代が彰生をいい人だと認め、「頼むよ、紗江子」と言って涙を流した顔が、強く心に残っていた。政代が退院してきたらしっかり養生して元の健康を取り戻すようにしなければ、と彼女は気持ちの張りを持つようになった。

週末になって、紗江子は、久し振りに恵美や由里の家を訪ねてみることにした。気がかりに思うこともいくつかあって、娘たちの様子を自分の目で見届けておきたかったし、今度彰生に会ったときに娘たちの家庭のことも話したいと思った。

恵美の家は、横浜から少し先の保土ヶ谷にあるマンションの三階にあった。夫の伊田和伸は五つ年上で、商事会社に勤めている。恵美とは職場結婚で、一年後には男の子も生まれ、紗江子の目には至極順調に見えていたのだ。しかし結婚後四年が過ぎた今になって恵美を悩ませている事態を想像するにつけ、浮気問題で離婚した前夫のことを思い合わせたりして、紗江子は恵美の家庭のことが気になっていた。

土曜日の午後であったが、恵美の家を訪ねて行くと、夫の和伸は待ちかねたように出てきて紗江子と挨拶を交わし、今日はこれから大学の同期の者と会う用事ができたからと言って、すぐに外出していった。

## 十一

恵美が結婚して以来ずっと和伸に対しては、要領はいいがどこか頼り甲斐がないという印象があって、紗江子はこの日もやはり和伸の態度が気に入らなかった。

和伸はいろいろと仕事上の関係で生じる付き合いが多いらしく、恵美は、週末もよく外出する夫のことをやや不満そうに話した。商事会社に勤める夫が仕事に熱心のゆえであるとすれば、そう正面切って文句を言うわけにもいかず、恵美の不満は鬱積するのだろう。

紗江子は、恵美にどう言っていいのか迷った。家の中の様子を見ても、恵美がきちんと家事や育児をこなしているのがわかる。紗江子としてはことさら夫の行動を疑わせるようなことも言いたくなかった。

「たまには和伸さんに、何かねだってみなさいよ」

リビングで純を抱き上げながら紗江子が言うと、

「そうね、ねだってみようかしら」

恵美はおかしそうに笑った。

紗江子は純の相手をしながら恵美としばらく雑談をした。そうして、和伸がどうあれ恵美は家庭を守ってしっかりやっていけると思った。そこで紗江子は自分の再婚の可能性について話しておこうとした。西野彰生の存在はすでに恵美も知っていたが、紗江子の単なる友人程度にしか理解していないはずだった。

「恵美は、前にちょっと話した西野さんのこと、覚えているかしら。実はこの間、その西野さんが病院へおばあちゃんのお見舞いにきてくれたの」

紗江子が言うと、恵美ははっとしたように紗江子を見た。

「西野さんという人と、ずっとお付き合いしているの？　ママは……」

「そうなのよ、ときどき会ってお茶を飲むぐらいだけど……」

紗江子は、つい誤魔化すような言い方をした。しかし恵美は、紗江子の顔を見て何かを

十一

感じ取ったかのように目を丸くしていた。

「そのことはいずれまたちゃんと話すけれども、そのときおばあちゃんは西野さんと、わたしも意外に思ったくらいに、とてもしっかりした話し方をしたの。わたしは、まだお母さんは大丈夫だと思ったわ」

「ママが西野さんと一緒になったら、おばあちゃんはどうするの？」

恵美も一番心配なことであるに違いない。

「それはおばあちゃんの気持ち次第だけど、できたらおばあちゃんも、一緒に暮らしたいと思っているんだけどね……」

そう言って紗江子は考え込む表情になり、言葉を濁した。恵美はにこにこしながら何度もうなずいて紗江子を見ていた。

帰り際に玄関に送ってきた恵美が、紗江子の後ろで言った。

「真一はおばあちゃんのお見舞いにこなかったの？」

「こなかったわ。どうしてかしら、あの子……」

真一のことについて恵美がどう思っているかを、知りたい気持ちが紗江子にあった。

「真一は、おばあちゃんが好きなのにね」

「えっ……」

そう言えばそうだったと紗江子は思った。

「真一はママに嫌われていると思っているから、そのせいもあるかもしれない……。わたし、一度ママにそのことを話してみようかしらって、前から思っていたの」

「嫌うなんて、そんな……」

「もちろんわたしもそう思うけど、高校生ぐらいの頃、あの子、いろいろあったじゃない、だから今、真一は真一で考えているんだと思うの。しばらくそっとして置いたらどうかしらと思って……」

恵美は紗江子を気遣ってそう言った。

紗江子は、家に帰ってからも恵美の言ったことが気になった。今ごろ真一のことをそんなふうに言うなんて、と不愉快にもなった。だが恵美も心配しているからこそ、紗江子の口から彰生のことを聞いた後で言ったのに違いない。

以前から紗江子は、夫との離婚が真一に影響を及ぼしているのではないかと気がかりだった。真一が自分を嫌っていると思ったことは何度もあるが、真一が母親の自分に嫌われているると思って悩むとは想像していなかった。真一が高校の頃、友達関係のトラブルやバイク事故などで紗江子をさんざん困らせたことはよく覚えているが、そのことで紗江子が真一を嫌ったこともないつもりだった。

それだけに恵美の言ったことは紗江子に衝撃を与えた。恵美も真一のことではいろいろと思い悩んでいるのかと思うと、なおさら胸が痛んだ。

## 十一

翌日の日曜日に、紗江子は予定通り由里の家を訪ねた。稲毛の駅からバスに乗って十分ほどで下りると、バス停のところに由里が来て待っていた。

「買い物のついでにちょっと来てみたのよ。この前ママが、道を間違えそうになったなんて言ってたし」

由里は屈託なく言った。髪を茶色に染めて長く伸ばし、後ろで左右に分けて束ねて肩の下まで垂らしている。由里の後に付いて歩き出すと、ジーパンの後ろのポケットから赤い色の財布がはみ出しているのが見えた。相変わらず結婚前と少しも変わらない感じだ。

上の恵美にはいろいろと手をかけた記憶があるが、下の由里は比較的放任して育てたような気がする。末っ子の真一はさらにそうだった。そんなことを紗江子はふと思った。

「赤ちゃんはまだなの?」

歩き始めてから紗江子が訊いた。

「それどころじゃないみたいなのよ、勝雄さんは」

由里は朗らかに言った。紗江子は由里の言う意味がよくわからなかった。

バス通りから路地に入ると、紗江子も何度か訪れたことのある白壁二階建てのアパートが見えた。由里は、共働きだと家の中が散らかしっぱなしになりがちで困るなどと、言いわけめいたことを言って笑った。

由里は短大を出てからファストフード会社に就職し、今もそこの社員として働いている。勝雄に見初《みそ》められたのもその店でのことだった。

アパートに着き、紗江子が由里の後から中に入ると、由里の夫の山村勝雄が奥の部屋から出てきた。色の白い細面に眼鏡をかけ、トレーニングウエアのようなものを着ている。

「いらっしゃい……。おばあさんの様子はその後どうですか?」

## 十一

勝雄はすぐに言った。

「お陰様でだいぶよくなって、もう三日ほどで退院できそうなの。いろいろ心配してくれてありがとう」

紗江子が答えると、勝雄はにっこりして紗江子を招じ入れた。

由里がコーヒーをいれて出し、勝雄も加わってしばらく雑談をした。紗江子が勝雄に会社の様子などを尋ねたので、それをきっかけに勝雄が会社で料理研究のビデオを作った話をし、紗江子も料理の話には興味を持った。

そうしているうちに紗江子は、勝雄が以前よりも大人の態度を身に着けてきているのを感じた。食品会社の営業部に勤めていて、勝雄も次第に仕事が身に付いてきているのだろう。勝雄と初対面の頃紗江子は、その真面目そうで子供っぽい感じにむしろ好感を持ったのだが、一方では、いつまでもそんな幼い感じでは困ると心配していたのだ。

長居するつもりはなかったので、紗江子は一時間ほどすると、帰ることにした。そして最後にこう言った。

「あなたたちがちゃんとやっていってくれそうなので、わたしも心強いわ。おばあちゃんはすっかり歳を取ってしまったけど、これから先のことはわたしがちゃんと考えているから心配しないでね」

今のところ由里にはその程度の言い方にしておこうと思ったのだが、

「前におばあちゃんが言っていた、ママの再婚のことはどうなったの？」

と逆に由里が紗江子に訊いた。

「それも考えているわ。もしちゃんと決まったら紹介するから、そのときはよろしくね」

紗江子が言うと、二人は顔を見合わせうなずいたが、

「これから再婚というのも大変ですね……」

と勝雄は正直に心配そうな顔をした。すると由里が、

「でもママが幸せになってくれれば、わたしたちもママのことをあまり心配しなくていいし、助かるわ。もしそうなったら、うんとママたちのお祝いをしなくちゃね」

「そうね、よろしくね……」

と紗江子は苦笑するばかりだった。

バス停まで送って行くと言う由里と一緒に紗江子はアパートを出た。

十一

「勝雄さんはパソコンに凝っているみたいだけど、それも何か、会社の仕事に役立つことなの？」

紗江子が訊いた。

「会社でもパソコンは使うらしいけど、それより、将来はパソコンソフトの会社を作るんだなんて言っているのよ。仲間もいるらしくてね」

「それで、子供どころじゃないって言うわけなの？」

「そう言っているわけじゃないけど、何しろ夢中だし、お金もかかるのよ。わたしもなかなか、今の仕事をやめるわけにはいかないわ」

「そう。それは大変ね……」

紗江子は何か文句を言いたくなったが、どう言おうかと迷った。すると由里が言った。

「でも、いいの。あの人、今の会社があまり合ってないみたいだし、今のうちにパソコンを覚えておけば、きっといつか役に立つだろうし……。それに、どうなるかわからないもの、わたしたち……」

「ええっ、わからないって……」

紗江子は思わず立ち止まった。

バス停の標識が数メートル先に立っていた。由里はバスの来る方向に目をやってから、紗江子に向き直って言った。

「勝雄さんの会社、だいぶ危ないという噂があるらしいの。どこかに吸収合併されるんじゃないかとか、リストラが始まるとかの噂もあって、勝雄さんも辞めるチャンスかな、なんて言ったりしているの」

由里はさすがに不安そうな顔をした。

「それは困ったわね……。でも、辞めるチャンスだなんて、そんな……」

紗江子は、何を言ったらよいのか、急には言葉が出てこなかった。

不況続きの世の中で、景気は上向きになったとかいう記事を新聞で目にしたのはついこの間のことだが、社会の底辺では相変わらず、どこも激しい競争に追われ続けているのが現実なのだ。こんな身近なところにそのしわ寄せがきていようとも知らず、紗江子は自分の不明に焦る思いだった。

「でも会社は、若い人を辞めさせる気はないらしいんだって。お給料はしばらく上がらないみたいだけど……」

由里はそう言ってくすりと笑って見せた。

道の向こうにはバスの姿が見えていた。

「とにかく、あなたたちはまだ若いんだから、しっかり頑張らなきゃね。子供も早く作った方がいいわよ」

「うん……、でも、それも大変だわ」

「子供ができれば、お互いにもっとしっかりしてくるのよ。そういうものなのよ」

バスが近付いたので、紗江子はバス停に走り寄った。

バスに乗ってから窓越しに目をやると、由里が小さく手を振っていた。一心にこちらを見詰めるその目が、バスが走り出すと紗江子を追う。何だか心細そうに見える由里の姿が、バスの後ろにどんどん遠退いて行った。

# 十一

バスの揺れるのに身を任せつつ、紗江子の頭の中には我が子たちの現実の有り様が次々と浮かんだ。政代の存在を重ねてみればなおのこと、この歳で再婚を夢見ている自分が信じられなくなりそうだった。紗江子は思わず唇を噛んで、バスの外を流れる夕暮れの街に目をやった。

ようやく退院して三週間振りに我が家に戻ってきた政代は、初めのうちは張り切っているように見えた。しかし膝の痛みが抜けず体の不自由さが以前のようには治らないと思い知ったのか、冴えない顔色をして昼間も寝たり起きたりの毎日になった。

松尾良美が出先から電話をかけてきて、近くにきたから寄ってみたいがいいかと言った。良美は紗江子の欠勤が長引かないかという心配もしているのだった。紗江子は政代と顔見知りでもある良美の訪れを歓迎した。

政代を見舞った良美は、いつもの明るい調子で話をして帰って行ったが、政代の衰え方に驚いているのが紗江子にもわかった。西野彰生のことについても良美の方で遠慮したようで、通り一遍の会話で終わった。

玄関に出てきたところで、良美は後に付いてきた紗江子を振り返り、

「しばらくは大変ね。お母さまが早く元気になるといいわね」

と言ったが、すっかり気落ちした様子で、

# 十一

「あなたも無理をしないで。お母さまの入る施設を考えた方がいいんじゃないの？　そういうこと、西野さんと相談できないかしら……」

そこまで言って良美は余計なことだったと気付いたらしく、顔を落として慌てて靴脱ぎに降りた。紗江子は良美の真情を疑うことはできなかったが、老人施設の心配までされるのは不愉快であり、同時に、良美に改めてはっきり言われたことによって新たな衝撃も受けた。

それでも政代は、週末に恵美や由里が夫や子と共に訪れた後、少しずつ元気を取り戻した。ときどき立ち止まって膝や腰をさすったりしながらも、台所のことや掃除などにも手を出すようになった。だがその動きは緩慢で、とても以前の状態に戻りそうには見えなかった。

体のことにも増して紗江子が心配になったことは、入院をきっかけにして政代がすっかり弱気になり、何かにつけて紗江子を頼る様子が見えることであった。それは紗江子にとって予想以上の事態であった。気丈であった母が急に小さくなったように見えた。

朝から気持ちよく晴れた日、政代がベランダに出てわずかな洗濯物を干していた。紗江子はその様子を部屋の中から見ながら、もうじき八十になる母だが、家の中のことならまだやれそうだと思った。そろそろ勤めを再開したかった。政代が退院してからすでに一ヶ月が経っている。

夕食のときに紗江子がその話をすると、政代は初め不安そうな表情をしたが、留守番しながらやることなどあれこれ話しているうちに、元気を取り戻して段々その気になってきた。

「そう言えば、紗江子、西野さんはこの頃どうしたの？」

不意に政代が言って紗江子を見た。

「西野さんとは、しばらく会っていないわ。お互いにいろいろあるものだから仕方がないのよ」

紗江子は、政代の気を逸らすようにテレビの方に顔を向けた。

彰生とは時折電話で話している。いつも彰生の方からかかってきて、紗江子が政代の様子を可能な限りありのままに話した。だが彰生が見舞いにきたがっても、紗江子はそれを先に延ばすようにしていた。

十一

多少長引いても、もう少し政代の体の回復を待つことによって、今度こそ政代を説得することができるのではないか。そういう気持ちが紗江子の中で強くなっていた。彼女としては、政代が一緒に彰生の家に移り住むことを承知するようにもっていきたかった。

紗江子が黙ったままでいると、

「紗江子、西野さんと何かあったの？　わたしのことは心配しなくていいって、あれほど言ったじゃない……」

政代は悔しがって急に涙を流し始めた。

「そんなこと言っても、今はまだ無理よ……。お母さんがいるのに、わたしがお母さんを置いて、よそへ行ってしまっていいの？」

そんな言い方をすれば大抵黙ってしまうはずだったが、今日の政代はいつもと違った。

「それじゃ西野さんに悪いよ……。紗江子は西野さんと一緒になった方がいいんだよ。その方がわたしも安心だから……」

「お母さんは病気で体が弱ってしまったじゃないの。自分でそう言っていたでしょう？　もうお母さん一人では生きていけないでしょう？」

自分でも意外なほど、はっきりした言葉が紗江子の口をついて出た。そんな強い言い方をしたのは初めてだった。政代は、涙のにじんだ目を見開いて紗江子を見ていたが、

「わたしは、老人ホームに入るよ。前にも言ったじゃないの……」

政代の声は弱々しかったが、意外にしっかりした目の光りが紗江子に向けられていた。以前同じことを言ったときよりも、むしろはっきりした意志が感じられた。

「それじゃお母さん、わたしと別々に暮らすことになるのよ。それでもいいの？」

紗江子は敢えて言ってみた。政代が返事をするまで少しの間があった。

「いいよ。わたしはそれでいいよ。紗江子に会えないわけじゃないし……」

「お母さん、何も無理をしなくたっていいのよ」

紗江子は思わず政代の手を取った。

お母さんの気持ちはよくわかったよ、ありがとう、もういいよ……。

口にこそ出さなかったが心でつぶやいて、両手を添えて政代の手を強く握ると、普段は意外なほど冷たい政代の手がほんのりと温かい。

政代の顔には涙の粒が光っていた。何かを訴えるようなその視線が、口に出さずとも紗

十一

江子には痛いほどわかる。紗江子と離れて一人になる不安を隠し切れないのだ。

政代の退院後しばらく欠勤していた紗江子が、再び勤めに出るようになった日のことである。夕方近く少し早めに帰宅すると、政代は窓のところに寄って座り込み、顔を赤くして泣きはらしているのだった。

驚いて駆け寄った紗江子が訳を聞くと、

「お前がいないから、もしかすると西野さんの家に行ってしまって、今日は帰ってこないのかと思ったんだよ……」

政代はかすれた声で言うのであった。

紗江子は、政代の背をさするようにして寝床に連れて行った。頭を枕に載せてやると、政代は体を横に向けて、両手に摑んだ薄い夏掛けで顔を覆い、

「紗江子がいてくれてよかった……。今日から勤めに出ていたのかどうか、わからなくなってしまったんだよ。勘弁しておくれ……」

政代は何度もそんなことを言いながら、疲れ果てたように寝入ってしまった。

昼に電話したときには、政代は何でもよくわかっているような答え方をしていたのに、

と紗江子は口惜しい思いがした。息子や娘たちの今後のことも気がかりではあるが、それはまだしも、この老いた母のことは自分から切り離せそうにない。やはり自分にはすでに定められた生き方しか残っていないのではないか。そう思ったとき、熱い涙が湧いてくるのを覚えた。

## 十二

彰生が電話をしても紗江子は、政代が回復するまでしばらくの間会えないと繰り返すばかりだ。いったい紗江子は本当のところ、この自分をどの程度に思っているのか。今彼の胸に去来し始めたのはそういう疑いや恐れであった。

翻って考えてみると、自分は紗江子と会い紗江子の悩みをも親身になって聞きながら、彼女のために本当に役立つことは何一つしていないような気がする。自分はただ自分の望む再婚の実現ばかりを考えていたのかもしれない。

## 十二

そういう点では、仕事や仲間との付き合いにおいても、彼は今までに何度自分の了見の狭さを反省してきたことか。いっそのこと自分の至らなさを紗江子に詫びて、すっかり身を引く方がよいのかとも、彰生は思うのだった。

秋が深まってなおさら寂しさを感じる日々、彰生は悩みかつ気落ちして過ごしていた。その日は祝日で、彰生は昼前から一日中近所の碁会所に行っていた。毎年「文化の日」に碁会所で行なうトーナメント大会に、憂さ晴らしの気分で例のごとく彼も参加したのである。ところが夜遅くなって彼が帰宅すると、思いもかけない留守電が一本入っていた。

「西野尚志《ひさし》さんのお父様と存じまして、突然ながら電話を差し上げます。私はＤＫ金属工業株式会社の常務の曾川《そがわ》と申しますが、至急ご相談したいことがございますので、つきましては、明日にでも私どもへお電話下さいますようにお願い致します」

尚志が会社でどうかしたのかと心配してみても、さし当たって何も思い浮かぶことはない。この前尚志にあったのは去年のいつ頃だったか、思い出そうとしても定かでない。

休日に常務と称する人から直接電話がきたということが、余計彼をおののかせた。何かしら悪い予感ばかりが彼の頭を襲うのだった。

ＤＫ金属工業は、下の息子の尚志が就職して四年になる会社である。社屋は江戸川に近いところにあると彰生は尚志から聞いていたが、彼自身は行ってみたことがない。

翌日学校に出勤した彰生は、昼前の空いた時間を見計らって職員室を出ると、二階の廊下の端まで行って携帯電話を取り出した。授業時間中の校舎は静かだった。

電話にはすぐに曾川常務が出て、落ち着いた声で話し出した。

「実は息子さんのことにつきまして、最近ノイローゼ症状があり、医師の意見もあって、二週間ほどの休養が適当と考える次第なのです。そこで私どもとしては、できますれば、お父さんのご協力を得たいと思うのですが、いかがかと思いまして……」

ノイローゼと聞いて彰生は驚愕した。曾川常務の説明によると、こうである。

尚志は勤勉なよい社員なのだが、最近少し精神的に不安定な様子で、奇妙な振る舞いも見られ、このままでは仕事を続けられなくなるのではないかと思われる。自分のちょっとした失敗に拘《こだわ》り過ぎるようだし、妙に人の目を気にするようだ。工場長始め上の者から仕事中に声をかけられると、極度に緊張する様子が見え、普通ではない感じがする。最近は仲間の者と談笑することも少なくなり、仲間の者も段々尚志を敬遠するようになった

――。

# 十二

「わたしも長い経験で、西野君のような真面目な若者を何人も見てきましたがね、こういう場合には二、三週間休養して、以前の自分を取り戻すようにするのがよいのです。休養と言っても、一人で下宿などにいたのではかえってよくないこともあるのです。幸いにもお父さんがいらっしゃるので、西野君をしばらくお父さんのところで預かって頂きたいのですが……」

彰生は勤めがあるから平日は家に誰もいない。そのことを言うと曾川常務は、その点については普段通りでよい、本人が落ち着いて過ごせる場所があればよいのだと強調した。

「息子は、このまま会社を首になるようなことはないのでしょうか？」

彰生はそう聞かずにはいられなかった。

「今のところ、そういうご心配はご無用かと存じます。先ほども、西野君にわたしからよく話しましたが、本人も納得しているようですから」

「本人はすでに、自分の問題を理解しているのですか？」

「そう言ってよいと思います」

「わかりました。わたしもできるだけのことは致します。ご心配かけて申しわけありません」

彰生は受話器を持って思わず頭を下げた。

「おわかりいただけましたか。我が社の社長も、まじめな若者を簡単に首にするようなことは決して致さないと申しておりますので、お父さんにもそういう意味でご協力をお願いします」

曾川常務はどこまでも丁寧な口調であった。

彰生はようやく気を取り直すことができた。明日の朝、本人が荷物を持って家に行くという曾川常務の言葉を、彼は快く承知した。

次男の尚志は長男の崇史《たかし》に比べ、気の優しいところがあると彰生は常々思っていた。崇史は大手の銀行に就職して、六年目の去年の秋に上司の仲介を受けて見合い結婚をした。着々と将来に向かって進んでいるように見える兄に対して、弟の尚志はどこか落ち着かない感じであったが、兄への対抗心はあるらしく、大学を出てＤＫ金属工業という中堅企業に就職すると、一年も経たないうちに自立したいと言って家を出ていった。そのときは尚志のためにもその方がいいと思って、彰生は引っ越しの世話をやいたりした。

崇史は普段も父親のことを気にかけて様子を見に寄ったりするし、新婚間もない今年の正月には夫婦揃って訪ねてきた。一方、尚志の方は普段はほとんど訪ねてこず、たまに電話をかけてきたり、旅先から葉書を寄こしたりするぐらいだ。母親の道代が死んだのは尚志が十六の時で、それ以来父親の自分が育ててきたが、学校の成績のよかった長男よりも、気の優しい次男の方が何かと心配も多かった。

育て方に不足がなかったとは言えないが、ようやく独り立ちしたと思っていたときに、勤めている会社でノイローゼになるという事態が起ころうとは予想もしなかった。彰生自身は人生の終わりに向かい、余生の安定を求めて、最近は紗江子のことばかり考えていたのである。

それにしても、こんな形で尚志と会うことになろうとは思いもしなかった。明日からはもう一度、父親としてしっかり息子に対さなければならない。そう思うと彰生は頭の中が硬直して痛むのを覚えた。

学校という特殊な職場でばかり働いてきた彼は、世間の厳しさというものを直接知ることもなく過ごしてきたようなところがある。息子の生きている現場がどのようなものであるのか、それが理解できない気がして彼は不安だった。

翌日の朝、彰生が落ち着かない気持ちで家にいると、玄関のチャイムが鳴り、出てみると、ドアの外に背広姿の尚志が立っていた。荷物を入れた大型のバッグを肩にかけ、右の手にも大きな紙袋を提《さ》げていた。

尚志は比較的会社に近い南千住のアパートに暮らしているから、そこから会社に背を向けた格好で、はるばる電車に乗って清瀬まできたのだ。それを思うと彰生は息子が哀れで、どのような言葉をかけたらよいのかと思い迷った。

尚志は彰生を見るとわずかに頭を下げて、

「よろしくお願いします」

小さな声で言った。

彰生は尚志にそんな改まった挨拶をされるのは初めてだった。曾川常務にでもそういう挨拶を指図されたのだろうか、と彼は疑った。

「うん……。わかった。とにかく中に入ってくれ」

十二

彰生はそう言って尚志を招き入れた。

久し振りに見る尚志は、顔色が青白く、少し痩せているようだった。しかし予想外に落ち着いた表情に見え、彰生は、「本人がよくわかっている」と言った曾川常務の説明を思い浮かべた。

茶の間で向かい合ってから彰生は言った。

「昨日、常務の曾川さんという人からの電話でだいたいのことは聞いた。とにかく、お前がちゃんと立ち直ってくれれば、それでいいと思う。お父さんのことは気にしなくていいから、安心していてくれ。何か相談することがあったらいつでも言って欲しい」

尚志はちらっと目を上げて彰生を見てから、気弱な表情になってうなずいた。張り詰めていたものが、どこかでふっと崩れかけたような感じだった。

彰生は、尚志よ、しっかりしろと叱り付けたいような気持ちを抑えて、じっと息子の白い顔を見詰めた。子供扱いするような意識はできるだけ捨てなければならないと思った。

尚志の持ってきた紙袋のことを聞いてみると、その中身は前日まで尚志が身に着けていた作業着で、工場長から、休んでいる間に洗濯をしておくように言われたというのだった。

その作業着が尚志にとっては、会社との結び付きを失わない証になるのかもしれない。だが尚志が、このまま期日がきても会社に出て行く気にならなければ、間違いなく首になってしまうのだろう。いくら会社の幹部が心配してくれているように見えても、会社に出て行かない人間をいつまでも面倒見てくれるはずがないのだ。

彰生は、もう少し尚志の気持ちを確かめておきたくなった。

「二週間の休養ということだが、俺は学校の勤めに出なくてはならない。昼間はお前に留守番をしていてもらう形になるのだが……」

「わかっているよ。お父さんに迷惑をかけないように、ちゃんとするから……」

そう言って尚志は、言葉に詰まり、初めて二、三滴の涙を卓上に落とした。

彰生は無性に尚志が哀れになった。気が優しく、人の好い一面もある彼の息子が、世の荒波に揉まれて、疲れ痛んで帰ってきたのだ。何とか立ち直らせてやりたい。そのためには自分が犠牲を払っても惜しくはない。そんな感情が込み上げてきた。

尚志には、彼自身が以前使っていた二階の一室を使わせることにした。彰生は普段二階の部屋はほとんど使わないので、尚志にとっても都合がよかった。

その夜は彰生が総菜を買ってきて食事の用意をし、二人で食卓に着いた。テレビのニュースを話題にして雑談し、少しずつ砕けた雰囲気になった後で、彰生が言った。

「昨日、常務の曾川さんと話したが、尚志の会社には、しっかりしたいい人たちが揃っているんじゃないかという気がした。お前は堅実ないい会社を選んで就職したと思う。だから何とか立ち直って、お前に元通り、会社に戻ってもらいたいんだ。俺はお前を信じているよ」

尚志は黙ってうなずいた。その顔に穏やかな表情が戻ってきた。

「なーに、少しぐらい遠回りしたっていいさ、まだ先は長いんだからな。俺がお前ぐらいの頃は、まだ教員になって二、三年で、毎日生徒の前に出るのが怖かった。失敗も数限りないくらいあった。だがそんな弱音は表に出さないようにしようとして、頑張り通したと思うよ」

彰生は少し興奮気味になっていた。尚志は何も言わず、面映ゆいとでもいうような表情が浮かんでいた。

彰生は、父親として何か一つ核心を突いておく方がいいと考えた。そこには彼自身の教師としての経験からくる勘も働いているはずだった。

「昨日聞いた話では、お前は自分の失敗をひどく気にするということだったが、若いうちは失敗なんて付きものさ。お前は、例えばどんな失敗をしたんだ？」

尚志の顔がたちまち赤く染まっていった。彰生は息子の様子をじっと見守った。

「俺の失敗なんて、わかっているよ。そんなこと、一々聞かないでくれ。会社の中のことは、お父さんにはわからないだろう」

「それはそうだが、しかしいろいろなことに気を回しすぎるから、神経がおかしくなることもある。仕事に集中できなくなることもあるんだろう。そういう自分のことを……」

「もういい、そんな話はしないでくれ。会社に行くのは俺なんだから……」

尚志は怒鳴るように言って立ち上がり、二階の自分の部屋に行ってしまった。

その後で彰生は尚志の様子が気になったが、二階からは何の物音もしないままだった。

そのうちに夜が更《ふ》けて彰生も寝床に入った。

翌日の日曜日、尚志はさっぱりした顔付きで起きてきて、彰生と一緒にトーストの朝食

十二

を摂り、雑談もした。その後尚志は近所の散歩に出て、戻るとまた二階に上がり、静かになった。

彰生は自室にいて、胸をなで下ろすような気分だった。どことなく陰鬱で浮かぬ表情の尚志だが、しばらく余計なことは言わずに会社からの指示に任せておこうと思った。

夕方、彰生が近くのスーパーに出て帰ると、尚志が二階から下りてきて彼に告げた。

「木田という女の人から電話があって、またかけ直しますと言っていたけど……」

何を感じたのか、尚志は彰生の表情を窺うような目を向けた。

「ああ、そうか」

彰生は何気ない様子で言ったが、すぐに、

「それでどうした、尚志が出たんだから、相手は驚いていたろう?」

と訊き返した。

「お父さんと間違えて驚いたようだったから、すぐに次男の尚志ですと言っておいたよ」

尚志は特別怪しんでいるふうもなく、二階に戻って行った。

そう言えば、昨日今日の休みの間、彼は紗江子のことをすっかり忘れていたのだ。

彰生は彼女の声が聞きたかったし、尚志とどんなやりとりがあったのかということも気になった。さっそく電話をしてみると、

「済みませんでした、急に電話なんかして……」

紗江子は緊張感を漂わせて言った。

「いや、気にしなくてもいいんですけど、紗江子さんが電話をくれたとき息子が出たので、驚いたのではないかと思ってね」

「いえ、それほどのこともないんですけど……。ご次男がきていらっしゃるんですね。息子さんがいらっしゃると、やはり心強いでしょうね」

「ええ、まあ……」

彰生は返事に詰まった。今電話口で紗江子に詳しい事情を話すわけにはいかなかった。しかし尚志がごく普通に受け答えしたことが確認できた気がしてほっとした。

「何かお話があったんじゃありませんか。ほんとに久し振りに、紗江子さんが電話をくれましたね……」

「はい、あの……」

十二

紗江子はちょっと言い淀んで、

「いつも、よく土曜日に電話をくださるのに昨日はどうなさったかしらと、何だか急に気になってしまって……」

「それは済みませんでした……。お母さんの具合はどうですか？」

「このごろちょっと落ち着いてきましたけど、勤め先からも必ず母に電話をするようにして、早めに帰るように気を付けているんです。そうしないと心配で……」

「そうですか……。どうか、気を付けてあげてください。実は僕も、ちょっとこのところいろいろあって都合が悪いので、紗江子さんとゆっくり会えそうもないと思っていたんですが……」

「そうでしたか。わかりました……」

「それでは、また適当なときに電話します。お母さんによろしく……」

それで電話が終わった。

心残りなものを振り切るように受話器を置くと、彰生は思わず二階を窺った。尚志の部屋の方からは何の物音も聞こえてこなかった。

彼は自分の部屋に入って椅子に腰を下ろした。彼の耳には今し方聞いた紗江子の声が消えずにあった。その声には、何か他にも話したいことがあったようなもどかしさが感じられた。

ともかく、しばらくの間紗江子に会う機会はなさそうだ。彼としても、尚志に何かしら動揺を与えるようなことは控えたかった。いずれ双方の事情が好転すれば、必ず紗江子と会える。彼はそう信じようと思った。

それにしても、人生の再生としてまで望んだ紗江子との再婚は、近付くどころか遠退いて行くようでさえある。まるで自分たち二人が、人生を支配する大きな流れに翻弄される愚かな存在のようにも見えた。

彼自身にしても紗江子にしても、そう簡単に断ち切れない過去があり、しがらみがあるのは事実なのだから、二人だけの生活を夢見ても簡単には実現しないのも仕方がない。しかも、老年期に入る二人の再婚は、どこからも、誰からも、特に望まれてはいないとも言える。つまり社会的な期待はほとんど無きに等しい。そこが若い者の結婚と異なるのだろう。

とすれば、と彰生は考えた。この先は互いの求め合う気持ちだけがすべてなのかもしれない。だがそれはまた、いつ、どのようにして赤の他人のごとく冷たく消えてしまうかもわからない、ひどく不確かなもののようにも思われた。

## 十二

尚志が彰生のもとへきてから間もなく二週間になろうとしていた。

十一月の半ばが過ぎると、都会の秋の空気も急に冷え冷えとして、初冬を思わせる晴れた日が続いていた。

尚志は、平日には必ず朝の決まった時刻に会社の上司に電話を入れ、その後午前中は何かしら机に向かって勉強をするのが日課のようだった。会社の指示によって二回ほど病院の神経科に行ったが、彰生の目で見ても、尚志が健康を取り戻してきているのがわかった。

夜遅くに長男の崇史から電話があって、尚志の様子を訊いてきた。崇史はさすがに弟の様子が気になるようで、尚志が彰生のもとへきて一週間後の土曜日にきたときは、茶の間で一緒にお茶を飲んで帰ったが、二週間後の様子がさらに気になったのだろう。

月曜日、尚志は二週間の休養を終えて会社に戻った。

彰生は余計なことかとも思いつつ、学校にいる間に尚志の会社に電話して、曾川常務に礼を言った。常務も父親の彰生に対する礼を述べたが、その言い方は意外なほど通り一遍のものであった。

夜になってから、彰生は崇史に電話で尚志の復帰したことを知らせた。崇史が銀行員としての自分の体面を弟の不祥事で汚したくないという考えもあるのを、彰生はある程度察知していたが、それについては触れないようにした。

すると崇史は、彰生に向かってＤＫ金属工業という会社の内情について話し出した。崇史が他の支店にいる友人などを通じて調べたものらしい。

「銀行にとってああいう類のワンマン会社は、特によいお得意というわけでもないのだがね。尚志には、会社のやり方には従順であった方が、将来のためにも得だと言っておいたんだ」

崇史のその言い方に、彰生はちょっと反発を感じたが、尚志のこととなると、早く無事に収まって欲しいと願わないではいられないから、特別文句を言わなかった。

# 十二

ともあれ、尚志のことが一段落して、彰生は再び一人だけの生活に戻った。

そうなってみると、彰生は妙に心の空洞のようなものを感じて仕方がなかった。尚志のノイローゼという事態があっても、自分は年老いた親としてさほどのこともなしえぬままことは済み、結果は長男の崇史も次男の尚志も前よりいっそう彼から離れて行ったような気がした。

これが人生というものなのだと認めながらも、外で鳴る冷たい木枯らしの音が、彼の心にいっそう寂しさを掻き立てるようだった。

そんな毎日になると、彰生はやはり紗江子に会いたくなった。差し当たって自分の心のよりどころは紗江子しかいない。今や紗江子の存在が、彼にとって失ってはならない砦のように見えてきた。

勤めから帰って一人で晩酌をし食事を済ませた後で、彼は紗江子のことが頭から離れなかった。

紗江子と会おう。そして今後のことを話し合い、互いの気持ちの変わらないことを確かめよう。それが不可能とわかったら、そのときこそ諦める他はないのだ。今会わなければば、彼女との間はどんどん隔てられてしまい、互いを思う心はただ崩壊に任せていくだけになるだろう。

彰生はそう心に決め、紗江子に電話をした。

電話に出てきた紗江子は、気後れしたような元気のない声で月並みな挨拶をした。その応対に少なからぬ衝撃を受けながらも、彰生は敢えて強い口調で言った。

「紗江子さんにぜひ会いたいので、明後日が休みの日ですから、僕がそちらへ出かけて行きます。どうですか?」

「わたしの家へ、ですか……」

紗江子の当惑したような声が受話器から聞こえた。彼女は彼の語気に、何かしら並々ならぬものを感じたのに違いなかった。

# 十三

彰生が井の頭線の駅で降りて地下の改札口から出て行くと、約束通り階段の上に紗江子が来て待っていた。

だが、普段着姿のままらしい彼女の様子は、何となく寂しげで、いつものような明るさが影を潜めていた。その目には困惑の色が浮かび、それでいて彼を拒んでいないことを示すはにかむような表情もあった。

土曜日の午後で、駅前の道路は人が多く賑やかであった。街の様子を眺めて挨拶代わりのような言葉を交わし、並んで歩きながら二人の間にはしばしば短い沈黙が流れた。

彰生は、紗江子の顔が以前よりやつれているのに気が付いた。化粧の薄い顔は余計頬の皺も目に付く。彼は、紗江子が身を置いている家庭の現実を思いやらないではいられなかった。

この人は今、絶望的としか言いようのない立場にいるのかもしれない。この人を今以上の不幸にさせないためにも、一緒に生きようとする気持ちを持つようにさせたい……。

それが今の彼のもっとも強い、正直な気持ちだった。

彰生の視線をどう感じたのか、紗江子の表情が曇った。そして真剣な、硬い目付きになって歩き続けた。

道の向こう側に樹木の立ち並んだ小さな公園があった。紗江子は彰生を振り返り公園の中に彼を誘おうとした。彰生は紗江子の意図を察していた。彼女の家の中に入る前に彼に話しておきたいことがあるのに違いなかった。

二人は、晩秋の柔らかな日差しを浴びたベンチに行き、並んで腰をかけた。彰生は紗江子の話すことは何でも聞いておきたいと思った。

「ご心配かけて済みません。母は、前に電話でもお話ししたように、認知症というのかしら、物忘れや思い違いが多いんですけど、もう手術の後の看病はそれほど必要ないんです。昼間は起きていて、家の中のこともある程度自分でできるんです。ただ……」

紗江子はちょっと言いにくそうだった。

「彰生さんのことを話そうとすると、母は変に意識過剰になってしまって……」

十三

「意識過剰、ですか？」

「ええ。母は、自分のせいでわたしの再婚ができないのではないかとすごく気にして、それでいて、わたしがいなくなって一人になったときの不安がすごくあるようで……」

「なるほど……」

「母は今のところ昼間一人になっても、わたしが用意してあげたもので何とかやっていけるので、わたしも毎日会社に出ていますけど、そのうちにたぶん、もっと弱ってきて介護が必要になると思うので……」

「そう……」

彰生は言葉に詰まり、考え込んだ。

すぐ近くのベンチに並んだ老夫婦が、先程から何度もこちらに目を向けていた。深刻そうに話し合っているのが気になるのだろう。

公園のあちこちに親子連れの姿も見えて、仲間と遊ぶ子供たちの声が聞こえていた。

「これから先もわたしは母に付いていなければならないし、あの家にいるより仕方がないんです。母の状態を考えると、今、わたしが再婚するということは不可能なんです。もうこれ以上、彰生さんにご迷惑をかけるわけにはいきません。どうぞわかってください」

紗江子はことさら力を込めてそう言った。彼女は今日言うべきことを心に決めていたのだ。

彰生は、以前息子の尚志が休養をとるために家にきていたとき、珍しく紗江子の方から電話をしてきたことを思い出した。それは半月以上も前のことだが、あのときすでに紗江子は何ごとか決心していたのかもしれなかった。

「紗江子さんの言うことはよくわかります。でも、お母さんのことは、ある程度予想できる問題でもあったのだから、そういうことを今聞いたからといって、僕は引き下がるつもりはありません」

「えっ……」

紗江子は驚いて顔を上げた。聞き違えたかと思い、彰生の顔を横からのぞき込んだ。

「僕が紗江子さんと一緒に暮らしたいという気持ちは変わりません。紗江子さんに電話した後で、よくよく考えて、改めて僕はそう思った……。ただのんびり余生を送ればいいとは思わない。これから先も中味のある人生でありたい。そのためには紗江子さんが必要なんです」

彰生の真剣な目が、紗江子を見詰めていた。紗江子は息を呑んで見詰め返した。

「あるいは、勝手な言い方に聞こえるかもしれないけど……」

彰生の顔に血の気が増して赤くなった。

「だから、紗江子さんの苦労していることは見過ごしてはいられない。年取った親の面倒を見る苦労なら僕にもできるはずだから……。それで今日はぜひお母さんにもお会いしたいと思ってきたんです」

紗江子の顔に困惑の色が浮かんだ。

「今日は朝から、母は調子が悪いみたいで困っていたんですけど……」

それが彰生の来ることを政代に告げたせいだとは、紗江子は言い出しかねた。

彰生は、政代がどんな状態であろうと構わないつもりであったが、紗江子の気持ちを考えれば強引な態度も取れなかった。

「実は、僕も、最近になって息子のことで悩まされたことがあって、自分の不甲斐なさを思い知らされたんです。それで、紗江子さんのことを思い出して、しっかりしなくてはと思って……」

「次男の方が来ていらっしゃいましたね、何かあったんですか？」

紗江子は思わず彼に問うた。彰生の家に何か起ころうとは考えてもいなかったのだ。

彰生は、尚志が会社でノイローゼになって一時的に預けられたことを搔い摘んで話した。

「そんなことがあったんですか。自分の子のことになると、やはりいろいろあるんですね……」

紗江子は我が娘や息子のことを思い合わせずにいられなかった。

「本当にそうだ。こう見えてもお互いに、結構いろいろ問題を抱えている。でもそれが当たり前かもしれない、と僕は思うんです」

「なかなか簡単にはいかない、難しいことばかりですよね……」

紗江子は溜息をついた。

「でも紗江子さん、そういうことをよくわかり合った上で、一緒になることだってできるんじゃありませんか。お互いに支え合うことができるんじゃありませんか？」

十三

紗江子は彰生を見詰め、それから考え込んで、こう言った。

「おっしゃることはわかりますけど……。どうか、そんなに無理をしないでください。わたしのために、これ以上彰生さんに迷惑をかけることは、とてもできません」

紗江子の潤んだ目が彼を見た。

彰生も言う言葉がなくなった。彼は紗江子の手を両手で包むように握って言った。

「僕は今日、あなたを元気付けるつもりできたんです。しかし無理をしてお母さんにお会いするのもよくないと思うので、今日は帰るけれども、僕はあなたのことを諦めたりはしませんよ」

紗江子は少しの間をおいてから、

「わかりました……。でも、まだしばらくは、お会いすることは難しいと思います。だからそのおつもりで、どうぞ……」

そこで紗江子は言葉を切り、そっと彰生の手を振りほどいた。

「僕が電話したとき、邪険な扱いをしないでくださいよ」

彰生が冗談めかして言うと、紗江子はうなずいたが、その顔からは笑みがすっかり消えていた。

「では紗江子さん、どうか体に気を付けて……」

「あなたも……」

さよならという言葉を言わぬまま、互いの顔を見詰め合って右と左に別れた。少し行ってから彰生が振り返ると、向こう側の道路に向かって一直線に歩き去る紗江子の、グレイのカーディガンをまとった背が見えた。彼がなおも見ていると、彼女の右手がときどき上がって顔の辺りを押さえているようだった。

彰生は、自分の気持ちが紗江子に十分伝わらなかったような気がして悔やんだ。紗江子には、本当はこの自分を伴侶として信じ切れない気持ちがあるのではないか。そういう思いに彼は責められた。電車に乗ってからも、彼はいつまでも泣きたいような気分に浸ったままだった。


それから一週間が過ぎた。

彰生は、腹の底から力が抜けてゆくような落胆から何とかして立ち直ろうとしていた。

# 十三

まだ紗江子を諦めると決まったわけではないと思っても、押し寄せる無力感に打ち勝つのは容易なことではない。

世間は歳の暮れが近付いて、クリスマス商戦の賑わいが広がっていた。特別出かける当てもないままに、彰生は味わったことのない空しい孤独感に襲われ続けた。

夜、電話をかけてきたのは尚志だった。

「何だ、尚志か？　どうだ？　会社は……」

彰生が思わずそう言うと、尚志の落ち着いた声が返ってきた。

「お父さん、俺、やっぱり会社を辞めることになったよ。お父さんに心配かけて、申しわけないんだけど、俺、もう諦めたよ」

「諦めただって？　何を言ってるんだ。しっかりやらなくちゃ駄目じゃないか！」

彰生は受話器を持ち直して叫んだ。

尚志はちょっと間を置いてから、

「うん、それはわかっているけど、しかしそういう問題じゃないんだ。それが俺にもよくわかったんだ。もう、工場長とも喧嘩しちゃったし、元には戻れないよ」

尚志の声はしっかりしていた。それだけでも、ノイローゼで彰生のところへ戻ってきた前回とは違うように思われた。

「とにかく、電話では話しにくいから会って話を聞こう。どうだ?」

彰生がそう言うと、尚志は不承不承の返事をした。師走と言えども講師でしかない彰生は学期末になれば暇で、失職した息子と平日にどこかで会うのは難しいことではない。

翌日の昼に二人は上野駅で待ち合わせ、近くにあるトンカツ屋の隅のテーブルで向かい合った。トンカツは尚志の好物で、その店を見付けて誘ったのは彰生である。

尚志はネクタイなしの着古しのような背広姿だったが、彰生が意外に思うほどさっぱりした顔付きをしていた。

「お前が辞めなくちゃならない理由というのは、この前のノイローゼとは違うのか?」

彰生がそう切り出すと、

「違う、と言うか、本当のことがいろいろわかってきて、そう簡単には引き下がれなくなったという感じだな」

尚志は自分の言っていることを自分で確かめるように、何度もうなずいていた。

# 十三

尚志の説明によると、こうだった。

一年近く前に、一人の中年過ぎの工員が作業中の不注意で指を骨折し、それがもとで会社を辞めることになった。かつて組合の活動にも関わっていたその男が、定年までの数年を会社に残ろうとしてかけ合っていることはみんな知っていたが、誰も助けることはできなかった。尚志は、その男と多少親しくしていたこともあって、持ち前の正義感で工場長に文句を言い、さらには社長にも話をしに行った。職場に組合はあっても親睦会のような存在だったから、労使間の問題になると頼りにならなかったのだ。

それだけのことで自分が会社側から要注意人物に見られていたことを、尚志は最近になってようやく、はっきり知ったのである。

以前の彼はそれがわからなかったために、ことさら彼の仕事ぶりが噂になったり監視されたりすると思い込んで、遂にノイローゼ症状を呈するに至ったのだ。それは会社の幹部の卑劣な仕打ちのせいであったのだが、彼は自分の思い上がりもあってそれを見抜くことができなかった。

父親の家で休養して職場に復帰してみると、尚志を待っていたのは配置転換であった。

当初はそれも仕方がないと思った尚志だが、会社の彼に対する態度が以前とは一変しており、二度と元の持ち場へ戻れないことがわかってくると、彼は本気で仲間たちに自分の立場を訴え、新たな組合活動の必要を説こうとした。そうなると会社を敵に回すことになり、辞める覚悟をするより他になくなった——。

尚志の話を聞いて彰生は、自分の息子がそんな思い切った行動に出るとは予想もしなかっただけに、しばらくは尚志の顔を見詰めたまま何も言えなかった。尚志は父親の言葉を待ちながらも、トンカツを頬張り、飯を口に運んでいた。

「それで、尚志は、これからどうするつもりなんだ？」

「次の仕事を探すより仕方がない。でも失業手当はもらえるから大丈夫だよ、何とかやっていける。だからもういいんだ、あの会社は……」

ぐっと何かをこらえるように、尚志はテーブルの一点を見詰めた。

「そうか……。俺は、お前は決して間違ってなんかいなかったと思うよ」

彰生はようやく、しかしはっきりと言った。尚志は目を上げて彼を見、弱々しく笑った。

「元気を出せよ。まだ若いんだ、出直すつもりでやればいい」

そう言うと彰生は思わず涙ぐみそうになった。それを振り払うように、彼もようやく箸を使い始めたが、頭では以前電話で話した曾川常務の柔らかな口調を思い浮かべ、何とも信じられない気持ちであった。息子の方に何か大きな落ち度があったのだろうとも思ったが、目の前の尚志を見ると、そうも思えなかった。

「お父さん」

食事が終わると尚志が改めて口を開いた。

「今度のことでは、俺も馬鹿だったと思うけど、何だかすっきりしたようでもあるんだ。これから先、何とか仕事を見付けて、俺は一人でやっていく。お父さんに心配かけないようにする」

「まあ、心配しろって言われても、俺も歳だから、そう頼りにならないが……」

彰生は思わずそう言ってから、予防線を張っているような自分が情けなかった。尚志は当然のことのようにうなずいて、

「わかってる」

「何かあったら、いつでも家へきてくれていい」

「うん……」

彰生はそのまま別れるのは何となく気が差した。他にも尚志に訊いておくことがあるはずだと思った。

「正月はどうするんだ?」

「正月には北海道の友達の家へ行くことにした。彼は大学時代からの友達なんだ」

「北海道か……」

「牧場をやっている家なんで、そこで何日か過ごして、冬の北海道を見てくる。お父さんには手紙を出すよ」

「そうか……」

そのトンカツ屋を出ると、二人は上野駅の改札口で別れた。別れ際に尚志は、これから大学時代の先輩と会って飲みに行く、そこで当面の仕事の話も何か聞けるはずだと言い、また、兄貴には自分で手紙を書くとも言った。崇史に意見されたくはないという尚志の気持ちが、彰生にはわかるような気がした。

立ち去って行く尚志の後ろ姿は、貧相な外見に似合わず、体の動きは颯爽として見えた。彰生にはそれがせめてもの救いだった。頑張れと大きな声で言いたいような気分になった。

その夜、彰生はなかなか寝付かれなかった。

DK金属工業という会社が魔物か何かのように感じられ、自分では息子のためと思って会社の言う通りにしたのだが、実は騙《だま》され利用されただけなのではないかという疑いに責められた。自分はお人好しの世間知らずなのかもしれないと思った。

紗江子の顔が目に浮かび、自分はこれでよいのかと問いかけたかった。息子の問題をこのまま放ってしまえばますます自分の気力も萎えてゆくようで、紗江子を思う資格もないような気がした。

## 十四

翌日、彰生は午前中の時間を見てＤＫ金属工業に電話をかけ、曾川常務に出てもらった。彼は場合によっては直接会社に出かけて行く気構えで言った。

「息子のことでは曾川さんにもご心配をかけたとは思いますが、息子が会社を辞めなければならなくなったと聞いて、父親として納得がいきません。わたしも会社に協力したつもりですので、どういうことなのか理由を詳しく伺いたいのですが……」

彰生の語気に何を感じたのか、電話口で曾川常務は意外なほど簡単に、その日の午後に会社で会うことを承知した。彼はともかく直接曾川という人に会ってみようと思った。

尚志が退社することについてはもう変更を期待できないだろうが、息子の名誉のためということの他に、彼自身が心に感じた疑念を曾川という男にぶつけてみたい気持ちが、彰生にはあった。こんなふうに日頃無関係の民間会社の人物に会うのは、まったく初めてのことであった。

# 十四

昨日までの冷たい風もなく暖かい日差しを感じる日であった。彰生は昼飯を済ませると、コートを着た普段どおりの格好で家を出た。

常磐線の電車に乗り換えて窓外を走る景色に目をやりながら、彼は尚志のことを思いつつ、いつの間にか紗江子のことを考えていた。

尚志のことにしてもその他のことにしても、彼は紗江子のためにしているような気がしていた。自分を叱咤し前に進めることによって、紗江子と共に生きる力を得ようとしているのかもしれなかった。

曾川常務に教えられた通りに常磐線の駅で降りて十分ほど歩いて行くと、ＤＫ金属工業の茶色の社屋が見えてきた。社屋のビルの後ろに繋がった灰色の屋根は、尚志がこの間まで働いていた工場の建物に違いない。背後には江戸川の眺めが帯のように広がっていた。

社屋の前を通る道路に出たところで彰生が向こうを見ると、会社の入り口と思われる辺りに立ってこちらを見ている人影があった。それが曾川常務であった。

「道がおわかりになるかどうかと思いましてね、お迎えに出てみました」

曾川は会釈してにこやかに言った。

曾川は、きちんとした背広姿がむしろ不似合いな感じで、頬骨の突き出た丸顔に頭は剛毛を無造作に掻き上げただけという、全体に無骨な感じを漂わせ、いかにも工場などで叩き上げた人物を思わせた。

彰生がそれとなく辺りの風景に目をやると、

「社のビルはだいぶ古くなりましたが、すぐそこが江戸川の堤でしてね、なかなかいいところです。今日は暖かですから、どうですか？　ちょっと歩いてみませんか」

曾川は気さくな様子を見せて言った。

駅からの道がそれほど複雑なわけではないのだから、曾川は初めからそのつもりで外に出てきたのだろう。彰生は会社の建物の中より気楽かもしれないと思い、ともかく一緒に行ってみることにした。

堤に向かって並んで歩き始めると、彰生はすぐに本題に入る話をした。

「この前常務さんのお話を伺ったとき、若い者を温かい目で見て育てていく大きなお気持ちを感じて、とても感激しただけに、息子がなぜ会社を辞めさせられるのか、息子の説明を聞いただけでは納得がいかないものですから……」

十四

「そのお気持ちはよくわかりますがね、西野君は自分ではっきりと、辞めると言ったのです。失業手当も出ます。会社には何の落ち度もないんですよ、西野さん」

にこやかな表情を見せながらも曾川は毅然とした言い方をした。

彰生は、曾川が初めから会社の立場を一歩も譲らない姿勢を見せたことに驚いた。

「尚志が他の人を弁護したり、組合のことで意見を言ったりしたことが、やはりよくなかったのでしょうか」

彰生がいくらか興奮気味になって言うと、やや間があってから曾川が穏やかに言った。

「要するに、息子さんはこの会社には合わなかったということでしょう。わたしが見るに、西野君はいい青年です。きっと他でしっかりやっていけると思いますが……」

「他でと言われても、そう簡単によい就職先は見付からないでしょう。会社は、邪魔だと思えばどんな若者でも切り捨ててしまうのじゃありませんか？」

「いや、そんなことはありませんがね……」

曾川はやや気押された表情を見せたが、

「会社は会社に必要な人間を育てるのです。それが社会に役立つ人間にすることでもあります。これが私どもの社長の信念ですし、わたしもそう思います」

そう言ってから曾川は、彰生を振り返ってにやりと笑って見せた。不敵な笑いに見えた。

「しかし実際には、会社の利益や発展を第一に考えるのです。それが会社のやり方です。そのために犠牲も出てきますが、社長は一々心を痛めてはいられないでしょう。そんなものは嚙み殺して会社を維持することを優先します。それがこの社会を生き抜いていく掟みたいなものです。それで多くの社員を養っている面もあることは、西野さんにもおわかり頂けるのではありませんか?」

「尚志はその犠牲者ということですか?」

彰生は語気を強めて言ったが、曾川はそれには直接答えようとしなかった。

「西野君も、自分がこの会社に必要な人間になれるのかどうか、自分でも考えて、それがわかったのではないでしょうか」

「尚志はノイローゼも治って、会社で働く意欲は十分にあったはずです。にもかかわらず、会社は、尚志の配置換えなどの処置を決めたではありませんか」

## 十四

「会社は会社の体制を維持し発展させるために人を配置します。冷酷なようですが、ノイローゼになった社員の配置換えは当然なのです。またぶり返さないとは言えないのですから、やむを得ません」

その点については、曾川は一歩も引かないつもりらしかった。

「しかしわたしは、やはり尚志の言うことを信じてやりたいと思います。あれは、父親のわたしが思っていたよりもずっと、一途な、純粋な若者です」

彰生がそう言うと、曾川はうなずきながら黙って歩いていた。

堤の上に出ると、広々とした江戸川の眺めが見渡せた。やや西に傾いた日が対岸を照らして冬枯れの景色を浮かび上がらせている。川からは絶えず緩やかな風が吹いてきて肌を冷ややかに撫でた。

「息子さんのことでは、わたしも心が痛まないわけではないんですよ。西野さん」

曾川の声がだいぶ穏やかになっていた。

「実はわたしも自分の息子のことでは、学生運動のことやその後の就職の問題などで、いろいろ悩まされた覚えがあるのです。だからとは申しませんが、西野さんのお気持ちはよくわかるんですよ。しかしこれは、言わば現実社会の抱える根本的矛盾でしょう。わたしも社長も、どうこうする力はありませんよ」

曾川はそう言って立ち止まり、川筋の風景に目をやった。

彰生も遠い川筋に目をやって、二歩、三歩と曾川から離れた。曾川がまた後から近付いてきて彼の耳元で言った。

「西野さんは今年の春定年になられたと伺いましたが、実はわたしも、年が改まればじきに定年なんですよ……。その後は、もう会社関係は辞めて、他で働きたいと思っているんです」

「はあ、そうでしたか、それはどうも……」

彰生は一瞬、曾川が何を言おうとしているのかわからなかった。

曾川の顔に初めて気弱そうな笑みが浮かんだ。

「だから、この上は残りの短い期間を、何とか無事に退職まで漕ぎ着けたいと思うばかりです。サラリーマンの宿命ですな……。そういう気持ちは、西野さんにもわかっていただけるのじゃないかと……」

# 十四

曾川は彰生の目をのぞき込むようにしながら言った。

その曾川の目が命乞いでもしているような卑屈な色に見えた。彰生は、定年間近の頃の追い詰められたような心情を忘れたわけではなかったが、だからと言って曾川に同情する気にはならなかった。

「わたしは、息子の件で会社の考え方というものを知りたくて参っただけですので、これ以上曾川さんにとやかく言うつもりはありません」

「そうですか……。では、あいにく社長は不在ですが、社でお茶でも一つ……」

曾川がわざとらしく誘うのを、彰生は断って曾川と路上で別れ、そのまま駅に向かった。

常磐線の上り電車は空いていたので、彰生はゆったりと座席に収まることができた。鉄橋を渡る音に気が付いて振り向くと、窓の外に広々とした荒川の眺めが見えていた。

遠いところをわざわざやってきて、結局曾川常務にうまく丸め込まれたのではないかと思った。だが同時に、どこまでも会社に忠実である他はない曾川が哀れでもあり、不思議と腹が立たなかった。

どんな企業であろうと組織であろうと、利己的な人間の考えることにそう違いはない。利己的な人間の営む企業は結局利己的になる。尚志はそういう利己的にいがみ合う社会の現実に正面衝突したのだろう。この上は息子がそこから立ち直ってくれさえすれば、父親として言うべきことはない……。

彼はそう考えることにしたが、それにしても、自分自身は息子のために何ほどのこともなし得なかったことに変わりはないと思った。変わったことは、往きと同じように荒川の風景を目にしながらも、少しは清々しい気分で落ち着いて眺められることぐらいだろう。

実際彼の中で、何かが吹っ切れたような新しい感覚が生じているのは確かだった。自分だけの狭い世界に気付き、そこから抜け出してより広い視野の中に立ったような気分である。そうして、人生の晩年に差しかかった自分にもまだ生き抜く力はあるという自信を感じた。

それは紗江子と共に生きるための力なのだ、彼はそう思いたかった。だがこれから先はまだ霧の中にあって、彼は今しばらく身動きならないままでいる他はないようだ。

## 十四

正月になると、崇史が妻の寿子《としこ》と二人で彰生の家にきた。寿子は崇史に前もって言われたらしく、台所で彰生の先に立ってお茶の用意をした。寿子がそんな態度に出るのは初めてなので、彰生は妙にくすぐったい気分だった。

彰生が茶の間に戻ると、先に座っていた崇史は彼の顔を見るなり、

「尚志が会社を辞めたって言うじゃないか、お父さん」

と不機嫌そうな顔をして言った。

「尚志にあまり勝手なことはするなって言ってやらなかったの？　しばらく家にくるなと言ってやってもいいくらいだ」

「なぜだ？　そんなことを言う必要はないだろう。尚志は自分の考えでやったんだし、決して間違ってはいない。自分で責任を持つと言っている」

「それはそうだろうけど、お父さんや俺にあまり恥をかかせるな、ぐらいのことは言ってやった方がいい。よそからどう伝わってくるか、わからないからな。とにかくお父さんは子供の時からずっと、あいつには甘いんだから……」

「甘い？　そんなつもりはなかったよ。それはお母さんがいないから、年上のお前にいろ

いろ頼んで……」

「それはわかっているが、俺は歯がゆい思いもしたんだよ。わかってないんだなあ」

父親にそんな見下した言い方をする崇史は初めてだった。尚志のことでは崇史にも助けられたが、今日の崇史はちょっと増長していると彰生は思った。

彰生はしばし憮然として黙ったままでいたが、崇史の脇で寿子は、二人の様子を見て愛想笑いをしているだけだ。この嫁には一人暮らしの義父に対する思いやりがあまり感じられない、と彰生はときどき思う。この古びた木造の家が彼女には気に入らないのかもしれなかった。

寿子は中堅会社の重役の娘で、夫には従順であるようにしつけられているのだろう。こういう夫唱婦随の夫婦仲が末はどうなってゆくのか、と彰生は余計な心配が浮かんだ。崇史も、銀行員になり世の中に出て十年も経たないうちに変わったようだ。確かに出世コースに乗って豊かな生活を約束されつつあるようにも見えるが、その実はかなり自己中心的で、何かしら危うさと背中合わせのようでもある。

「崇史、尚志のことはもう自由にしてやってくれ。おまえとは違う人生を行くだろうからな。崇史は崇史でしっかりやっていくことだ」

彰生が毅然とした表情で言うと、崇史は我に返ったような目をして彼を見た。彰生は、自分にも息子を頼ろうとする気持ちがあることを、崇史や寿子に見透かされていたのかもしれないと思った。

「俺は俺で、残りの人生を自分の考えで精一杯生きようと思うよ。そのためにはよい伴侶が欲しい。そう思っているが、これがなかなか難しい」

彰生は冗談を言うときのように微笑んで崇史を見た。

「伴侶とは、まさか……」

崇史が言い、寿子と見合わせて呆気に取られたような顔をした。

「俺にだって再婚のチャンスがないとも限らないということさ。もしそうなっても、おまえたち、文句を言わないでくれよ」

彰生は紗江子の顔を思い浮かべ、真面目なつもりで言ったのだが、それを聞くと崇史も寿子も笑いをこらえるような顔をして、

「それはいいや。全然俺たち、文句はないよ、お父さん。そうなったらきっと、みんなで

お祝いするよ」

「お父さんのお世話をする人がいつも側にいるんでしょ。わたしたちだって安心ですもの」

二人は口々に言った。

彰生も一緒になって笑った。笑いながら長男夫婦の本心を見たような気がした。少し寂しくもあったが、そう感じるのはむしろ自分の我がままかもしれなかった。崇史の人生は、もはや父親の彼を離れているのだと思った。


正月が過ぎて彰生も学校勤めの毎日に戻ったが、寒さの続く中でなおさら元気の出ない日々であった。そんなある日、尚志が訪ねてきた。

玄関に入ってくるなり尚志は、

「兄貴から手紙の返事がきていたけど、それが絶交しかねないような内容だったので、驚いた」

目を丸くして彰生を見た。彰生は黙ったまま尚志を茶の間へ導いた。

「崇史は尚志の気持ちが理解できないんだろう。今は、自分の仕事で頭がいっぱいなのかもしれないな」

茶の間で向かい合ってから彰生が言うと、尚志の顔が少し緩んだ。

「兄貴も大変なんだなあと思った。でも、俺は俺だよ、お父さん」

「そうさ、それでいいよ。頑張ってやっていけば何とでもなる」

彰生が曾川常務に会いに行ったことは、すでに手紙で書き送ってあった。彰生自身が止むに止まれぬ気持ちで話を聞きに行ったことをうち明け、曾川常務の様子も簡単に書いたのだった。ＤＫ金属工業のことはもう気にしなくていいと言うつもりで彰生が手紙のことに触れると、

「曾川さんに会ってくれたのは、それはそれでよかったと思うよ。あの人はいい人だから……」

尚志は何か言いかけて、彰生の顔を見ると皮肉な笑いに紛らして止めてしまった。尚志も尚志なりに、彰生の知らぬ様々な人間模様を見てきたのに違いなかった。

「だけどお父さん、俺はもう会社みたいなところへ勤めたりしないつもりだよ。北海道で

酪農をやることを、ふっと考えたりするんだ」

尚志はそう言って庭の眺めに目をやっていたが、やがて顔を上げて彰生を見た。

「だから俺のことは、あまり頼りにならないから、兄貴にこの家にきてもらうなりしても、俺は構わないよ」

尚志の顔が真剣な色を帯びて、その唇の辺りがほとんど引きつっているように見えた。崇史が手紙で何か言ったのだなと彰生は思った。

「何だ、そんなことを心配していたのか」

そう言いながらも、彰生は胸がいっぱいになるのを覚えた。

尚志は、職を失った後まだ新しい仕事も見付からず、歳を取った父親の期待に応えられいことを悔やんでいるのだ。子供の頃からどちらかと言えばいつも崇史の陰に隠れた存在だった尚志が、兄に対してこんなふうに対抗心を持っていようとは、彰生としても意外だった。

今日尚志は、言わば敗北宣言をしにきたようなものかもしれない。そう思うと彰生は、尚志がいとおしかった。

# 十四

「俺のことは心配しなくていい。年金で俺なりに何とかやっていける。崇史にもそう言ったよ。俺のことを忘れないでいてくれるのはうれしいが、尚志は自分のことを考えて、しっかりやっていってくれればいい」

「うん……」

俯いてうなずいた尚志の顔が、赤く膨れているように見えた。しかし涙を落とすほどのことはなかった。

「北海道で暮らす、か……、それもいいな」

彰生は尚志を元気付けようとして言った。彼自身の憧れもなくはなかったのだ。

「いや、まだわからないが……。東京で、屋台の店を一緒にやってみようかという話もある」

尚志はあいまいな笑いを浮かべて言った。

「屋台？　随分違う話だな」

彰生が驚くと、尚志は初めて明るく笑い、

「ところでお父さん、一つ聞くけど、前に電話をかけてきた木田さんていう女の人、どういう人なの？」

彰生は虚を突かれたように一瞬戸惑って、

「まあ、俺の友達みたいなもので……」

思わずそう言った。尚志は何かを察知したかのように微笑んで、

「いや、俺は何も知らないけど、ずっと後になってあの電話を思い出して、お父さんが一緒になる人だといいな、なんて思ったりして……」

「何だ、そんなことを思ったのか……、しかしあの人とは、互いにこの歳だしな、そう簡単にはいかないのさ」

「もしそうなったら俺にも知らせてよね」

そう言った尚志の顔が輝いて見えたが、それほど本気にしているわけではないのもわかった。彰生はただ苦笑いをするより仕方がなかった。

アパートに向かって帰って行く尚志の後ろ姿を見送りながら、彰生は、二十七歳になる息子の行く末の定めがたさに胸の痛むのを覚えた。同時に、孤独に見える息子の姿に、己の人生を目指す潔さを見て感動したのも確かであった。それは彼自身が励まされたようで

もあった。

それにしても兄弟とは言え、崇史と尚志とでは随分違うものだと彰生はつくづく思う。妻が死んで後、彼は二人の息子をことあるごとに競わせるようなやり方をして育ててきた。今考えてみると、そうする方が育て易かったからかもしれないが、それが間違いであろうとなかろうと、息子たちはすでに彼の手を離れたのだ。二人の人生もこれからはかけ離れてゆくように思われて、彼は気が遠くなりそうな気分だった。

# 十四

彰生は茶の間に戻り、また元の位置に腰を下ろした。もはや夕暮れで、部屋の中の空気も急に冷え込んできたようだった。

正月という機会を得て、ともかくも息子たちと話をし、それぞれの生き方を示し合うことができたのはよかった、と彰生は思った。

だが彼自身の現状を考えれば、彼の望む再婚はむしろ遠退くばかりのようだ。それを思うと、自分の人生のおぼつかなさが見えるようで、彼はやはり寂しさに囚われるのであった。

# 十五

正月が明けて間もなく、松尾良美が三日続けて休みを取った。

その理由が検査のための入院だと聞いたとき、紗江子は愕然とする思いだった。会社で実施した検診の結果が悪く出て、再検査となったのに違いないのだ。

去年の秋以来、良美がちょっと痩せ気味なのは紗江子も気付いてはいた。顔の皺も目に付いたので、他の仲間が、さすがの松尾さんも歳には勝てないのよと言い合う陰口に、紗江子も側で笑って聞いていたりした。それが昨年の暮れ近く、厚地のオーバーコートに身を包んだ良美がしきりに寒そうにしているのを見て、紗江子は変な気がしたことがあった。良美らしくもないと思い、そのとき何か病気でもと疑ったのだが、話をすればいつもの良美の活発な応答が返ってきたので、そのままにして年を越した。年賀状もいつもの良美らしいものが紗江子のところにも届いた。

それだけに良美の急な検査入院は、紗江子に不吉な胸騒ぎを感じさせた。三箇日《さんがにち》の休みの後で、良美が何も言わずに働き出したように見えたのは、自分の病気を予感したためではないかとさえ思われてきた。

紗江子の悪い予感は的中した。検査を終えて出勤した良美には、以前のようなエネルギッシュな動きがまったく感じられなかった。話しかけても元気がないので、紗江子ははらはらしながらも、詳しく聞いたりするのはつい遠慮していた。

五日ほどしてまた一週間休んだ松尾良美が、昼頃になって改めて会社に現われたとき、その顔色の悪い痩せた姿に、居合わせた者は誰でも良美の病状がただごとでないことを感じた。

その日、すでに外回りに出ていた紗江子は良美に会えなかったのだが、それ以後良美は二度と会社に現われることはなかったのである。

紗江子は良美の自宅に電話してみたが、何回も留守が続いた。何日目かの夜、ようやく聞き覚えのある良美の夫の声が電話に出た。

「ご心配かけますが、良美はしばらく入院して、治療に専念させて頂きますので……」

その声は思ったよりもしっかりしているように聞こえた。紗江子が遠慮がちに良美の病状を尋ねると、相手はちょっと考えてから答えた。

「木田さんだから申し上げますが、良美は肺の癌にかかっていましてね、相当悪い状態らしいんです。本人も病名は知っています。本当の病状は話してありませんが……」

暮れの忘年会のとき、良美が用事を理由に珍しく早めに帰って行ったことを、紗江子は唐突に思い出した。良美は若い頃から酒が好きで、保険の外交の仲間内では酒豪ということになっていたのだ。

「病院へお見舞いに伺っていいでしょうか?」

「良美の会社には、お見舞いは遠慮したいと申してあるのですが、良美も木田さんには会いたいようなことを言っているんですよ」

良美の夫も、紗江子には見舞いにきてもらいたいと思っているらしい。

翌日の夕方、紗江子は会社から直接良美の見舞いに行った。良美の夫から聞いた病院は品川にあって、良美の住むマンションからもさほど遠くない場所であった。

病院のベッドに横たわった良美は、丸い顔が萎びたように痩せてすっかりつやを失い、まるで別人のようだった。良美の夫に勧められた椅子にかけて良美と相対すると、紗江子は思わず彼女の手を握った。

「来てくれてありがとう。木田さんには会いたかったのよ」

そう言う良美の声はいつもと違って低く、かすれて力がない。

「松尾さんにはお世話になりっぱなしね。早くよくなってくださらなくちゃ……」

紗江子は胸がいっぱいになり、言葉に詰まった。

「お母様はどう？　元気になられたかしら」

良美は言ってじっと紗江子を見詰めた。

「ありがとうございます。母は少しずつ元気を取り戻しているので、もうしばらくの辛抱と思っているんですけど……」

紗江子は、良美に答えるために考えて置いたことを言った。

「わたし、あなたには幸せになってもらいたいと、いつも祈っているの。この気持ちは、お母様にも電話でお話ししたことがあるのよ」

良美の頬には涙が流れていた。

紗江子は「祈っている」という良美の言葉を疑いはしなかったが、でも、なぜそれほどにわたしのことを、と問いたいのを辛うじて抑えていた。今までは紗江子の不幸な離婚経験に同情しているからだろうとばかり考えていたが、それだけでは納得できなくなりそうだった。

黙ったままの紗江子を見て良美は微笑んだ。

「あなたには夫の次ぐらいに感謝しているわ」

思いがけないことを言われて、紗江子は顔を上げた。

「わたしのようなお調子者が、木田さんをお友達に持てたお陰で、随分いろいろ教えてもらったわ」

「それは、わたしの方こそ……」

「そう言ってくれるのはうれしいわ。でも、本当はわたしの方が、いくら感謝してもし足りないくらいなのよ。だって、わたしが夫と仲直りできたのだって、あなたのお陰なんだもの」

良美が言うと彼女の夫は神妙な顔で妻を見詰めた。紗江子は一瞬驚いたが、ああ、そう言えばそんなことがあった、と思い出した。

紗江子が良美の口利きでOS生命の営業三課に入って間もない頃、良美と親しい仲間数人とどこかのレストランに入ったとき、良美が自分の夫をさんざんにこき下ろして、

「とにかくあの人、少しは俺のことも考えろだの、たまには俺と付き合えだのってうるさいの。だから、いくら夫婦でも仕事の邪魔はするなって言ったの。人前でべたべたしてどこがいいのよ」

と大変な剣幕だったのを覚えている。

当時目黒の支店で一番の稼ぎ頭だった良美には、夫さえも仕事の邪魔になったらしい。事実、生真面目でおとなしい夫は太刀打ちできず、夫婦の気持ちが離ればなれになり、傍《はた》目《め》にも離婚の心配をしたくなる状態だった。

同席した仕事仲間が皆良美に調子を合わせて笑い騒ぐ中で、紗江子が、

「そんな言い方しない方がいいわ。ご主人は松尾さんを、きっと愛しているのよ。だからそう言うのよ。もしそんなことも言わなくなったらと思うと、わたしはその方が心配だわ。ご主人の気持ちも考えてあげてよ」

そう言っているうちに次第に本気になり、しまいには涙をこらえるのが精一杯だった。

紗江子は良美の夫とは面識があって、この人は嘘を言わない人に違いないという印象を持っていた。それは紗江子自身の離婚体験に基づく勘のようなもので、裏表を使い分けて紗江子を捨てた前夫に対する恨みさえ、そのとき思い出していたような気がする。たとえ他人の家庭のことであっても、守らないではいられないものはあるのだ。

良美は、普段おとなしい紗江子の必死の反発に驚いた。そしてそれは家庭での良美自身が反省するきっかけになった。紗江子が離婚の経験者であることを良美はよく知っていたから、紗江子が言うことの意味を理解できたのである。

「この頃、少しは夫と仲良くするようにしてるのよ。安心してね」

何日も経ってから良美は冗談めかして紗江子に言った。紗江子は軽く聞き流したような顔をしたが、何となくほっとしたことを今でも覚えている。

「お母様のことでは、わたしもあなたに随分余計なことまで言ってしまった……。勘弁してね、木田さん。わたしの気持ちをわかってね」

ベッドの良美は顔を上に向けたまま、流れる涙を拭おうともせずに言った。

「母のことなら大丈夫、松尾さん、もう心配しないで……。ありがとう、松尾さん……」

紗江子は良美の手を取って言った。

「そう……。ありがとう、木田さん」

良美はベッドの脇の夫と顔を見合わせた後、そっと目を閉じた。その目尻にまた一筋、涙が流れ落ちた。

紗江子が病室から出てくると、良美の夫が送ってきた。

「木田さんには本当に感謝しなければいけないんですね。良美が家に帰ってきたら、ぜひまた来て頂きたいのですが……」

「はい、そのときは必ず……」

言いかけて紗江子は涙ぐんだ。良美の夫はしんみりした口調になった。

「妻は、どうも頑張り屋で、煙草はわたしが意見して数年前から吸っていないんですがね。まさか自分が癌にかかっているとも思わず、それで十一月にやった検診で見付かるまで放置していたわけで、わたしももっと注意してやらなければいけなかったんですが……」

「良美さんはあなたにとても感謝しているようですわ。わたし、とても羨ましいご夫婦だなと思います」

「わたしたちには、子供を失った寂しさがずっとあったんです。歳を取ってからまた仲直りすることができて、それからは何かと、二人の楽しみを見付けることもできたんですが……。病気とは、残酷なものです」

「でも、お二人の心が通い合っているのはすばらしいと思います。どうか、良美さんを大事にしてあげてください」

紗江子はそう言うのが精一杯だった。

「わかりました。ありがとうございます。あなたもどうぞ体に気を付けられて、よい巡り合わせに恵まれますように、祈っています」

良美の夫は最後にそう言って、病院の玄関口まで出てきて紗江子を見送った。

紗江子は、良美の病状の深刻さを改めて目で確かめてしまったようで辛かった。街の騒音に包まれた歩道を品川駅に向かって歩きながら、止めどなく涙が頬を伝わるのを感じた。

それに加えて、何年か前に紗江子が感情に任せて言ったことがあれほどに良美の心を捉えていて、しかも不治の病の床で改めて感謝されるとは思ってもいなかった。紗江子の幸せを願う良美の真情が胸を打ち、いっそう悲しみが込み上げてきた。

良美の夫の姿も紗江子を深く感動させた。あのような妻思いの夫と過ごせたことは、やはり良美にとっても幸せであっただろう。人生の晩年を気持ちの通い合う人と共に生きてゆけるなら、それに勝ることはないと紗江子も思う。年老いた自分が孤独に病臥する様を想像すると、それは耐え難いほど寂しいことだ。

ベッドに伏した良美は、とうとう西野彰生の名を口に出さなかった。そのことがかえって紗江子を揺すらずにはいなかった。自分の心の中にあるのはやはり彰生なのだ、と改めて思った。再婚は半ば以上諦めたつもりであっても、彰生との間を繋ぐ糸が絶えたわけではなかった。

# 十五

「ごめんなさい。帰りが遅くなって……」

玄関のドアを開けると紗江子は奥に向かって声をかけた。

部屋に入って行くと、政代はベッドで半身を起こしてこちらを見ていた。紗江子が品川駅で電話をしておいたので、政代はベッドで玄関の方を見詰めながら彼女の帰りを待っていたのに違いない。今日は気分が落ち着いているようだと思い、紗江子はほっとした。政代は紗江子の帰りが待ち切れなくなると不安定な精神状態になるので、それがいつも心配の種である。

時間が遅くなったので、夕食は紗江子の買ってきた総菜で間に合わせた。食卓に着いて、お茶を入れて政代に勧めながら紗江子が言った。

「今日は松尾さんのお見舞いに、品川の病院まで行ってきたの」

「松尾さんのお見舞いって、何なの、どうかしたの？」

政代が聞くので、紗江子が前にも話した良美の病気のことを簡単に繰り返し、見舞った様子を話した。

「松尾さんは、夫婦一緒に老人ホームへ入ることを夢見たりしていたのに、病気が癌ではね……。ご主人もお気の毒だわ」

「松尾さんは紗江子のことを、いろいろと心配してくれたんでしょうに」

と政代は思い出した様子で、何か言おうとして口をもごもごさせ、当惑したような目をして黙ってしまった。

政代は彰生のことを言おうとして止めたのか、それとも彼の名を思い出せなかったのか。紗江子は、どちらかと言えば後者の方に違いないと思った。

「松尾さんは、西野さんのことも言っていたし、以前にお母さんと西野さんのことでお話ししたとも言っていた。でも、もういいの、あまり心配しないで、お母さん……」

紗江子がそう言うと、政代は何度もうなずいて、今にも泣き出しそうな顔をして紗江子を見ていた。

この老いて弱った母をどこかの老人施設に入れるのは、さほど難しいことではないと紗江子は思う。世間はむしろそれを当然のことのように見るだろう。政代もそうなれば悲しむことはあっても、諦める他はないだろう。しかしそうすることによって、何よりも紗江子自身が耐えられなくなりそうなのだ。

紗江子が思うに、この母とこのマンションでなおしばらく過ごすのも、もともと決して嫌ではない。いやむしろ、母にそのようにしてやりたい気持ちはかなり強い。心の通う人と一緒に暮らすという見果てぬ夢を、断ち切りさえすればよいことなのだ。後は、その先に待つ孤独に耐えてゆくことを考えればよいのだとも思う。

いずれにしろ、いつも自分はこうして何かを諦めてはこぢんまりと生きてきた。それを思えば、最後までそうであっても、紗江子にそれほど不満はないはずであった。

その日は名古屋に住む弟の道雄から荷物が届いていた。食事の後で紗江子が開けてみると、段ボール箱に入った蜜柑であった。

「今ごろ蜜柑を送ってくるなんて、どういうわけかしら……」

そんな気遣いをしたことのない道雄だっただけに、紗江子は不思議に思った。便箋に走り書きした添え書きが付いていたので読むと、蜜柑を送ることを述べる簡単な挨拶があって、後の方にこう記されていた。

「当方はお察しの通り貧乏暇なし、家族のためにも仕事にいっそう頑張らねばならず、おふくろのことは今後ともよろしくお願いするのみです。姉さんもどうか体を大事にお過ごしください」

何日も前に紗江子が年賀状の端に政代の最近の様子を簡単に書いて送った、その返礼のつもりなのだ。

道雄が何かと言うと世の不景気を嘆いて見せるのはもう聞き飽きたが、確かに、業績の上がらない会社で働いているのでは、育ち盛りの子を二人抱えて大変だろうと察しは付く。

それにしても、こんな添え書きで済まそうとするのを見れば、老母を姉に任せっぱなしの弟の心のほどが知れるというものだ。紗江子は姉としての自らの立場を、このときばかりは恨みがましく思うのだった。

年賀状と言えば、この正月には珍しく真一から紗江子宛に届いていた。真一は去年も政代宛には寄越したが、今年は政代宛とは別に母親の紗江子にも送ってきたのである。

真一はもう二十五歳である。この一人息子が毎日どんな生活をしているのか、紗江子は考え出せば胸も痛むほどだが、息子の拒否を予想して手出しもせず半ば諦めているのであった。

娘二人がそれぞれに夫婦連名で寄越す年賀状とは違って、真一から初めてもらった年賀状に、紗江子は妙にどぎまぎした。型通りの簡単な文句しか書いてなかったので、紗江子が夜に電話をしてみると留守で、その翌日の午後、折り返し真一から電話がきた。紗江子の留守を承知の上で、祖母の政代と話すつもりでかけてきたのに違いなかった。紗江子は政代から電話の様子を聞き、ともかく息子が元気で暮らしていることがわかったと思い、真一のことをそのままにしていた。

あれからもうだいぶ日数が経っている、と紗江子は思い出し、去年の夏以来真一の声を聞かないままであることが気になった。

その夜遅くになって、紗江子は真一に電話をしてみた。すぐに真一が出た。

「ああ、なんだママか……」

他の電話と間違えでもしたように、真一は戸惑いを見せ、

「ただ今外から帰ってきたところです、母上。失礼しました、何かご用でも……」

酔っ払っているらしく、変に仰々しく大きな声で言った。紗江子は、受話器を通して伝わる真一の様子に神経を働かせながら言った。

「この前電話したら、あんたが留守だったから、思い出してちょっと声を聞こうとしただけ……。あんたの電話にはおばあちゃんが出て、後でその話は聞いたけれども……。どう、元気でやっているのね？」

「ああ元気だよ」

「体に気を付けてね。わたしは、おばあちゃんがいるし、何もあんたにしてあげられないけど、大丈夫なのね？」

真一は受話器を持ち替えでもするような感じで少し間を取って、

「大丈夫。また必要なときはママに頼むから……。そのうち親父にまた会うけども、別にどうってことないからね、心配しなくていいよ、ママは」

「またパパに会うのね？」

「そうだよ。親父に相談することがあるからさ……。いいだろう？」

「それは、あんたの父親だし……。でも、いつまでも頼っちゃ駄目よ」

「わかってる。まあ、いいから、心配しないでも……。今までもずっと、ママがいろいろ大変だったのはわかったからさ、俺は一人でちゃんとやっていけるし……。それじゃ、またね……」

それで電話は切れた。

真一は父親に似て酒も強い体質らしかったが、酒を飲んでいるにしても以前のぶっきらぼうな調子とは違い、今夜の真一は意外なほど、紗江子に対する思いやりを感じさせた。それだけに、受話器を置いてから紗江子は、離ればなれになった父と母の間で息子がどんな気持ちで過ごしてきたのかを、思わないではいられなかった。それは仕方のないことではあったが、母親として今まで息子に少し冷たかったかもしれないという悔いが、彼女の胸に浮かんだ。

前の夫は離婚後も三人の子供の養育費を割合きちんと支払っていたが、中でも息子の真一には、成人した後も何かと援助したがっていたようだ。紗江子はそのことを知りながら、見て見ぬ振りをし続けてきた。真一は、その辺の事情もある程度察知していたのかもしれない。今そう気が付いて、紗江子は愕然とするのだった。

ちょうどその頃、彰生のところへは姉からの電話があった。年が明けて落ち着いたところで一度訪ねてこないかと言ってきたのである。

彰生は、前回姉の家に行ったのは真夏で、何か土産品を届けに立ち寄っただけであるのを思い出した。その前に行ったのは、姉を通して紗江子の写真を初めて見せられたときだった。

彼より一つ上である姉は、子供の頃から男勝りなところがあって、彰生はいつもこの姉に付いて回って遊んでいた時期がある。今でも何かと一人暮らしの彼のことを気にかけているのは、上の兄よりもむしろこの姉の方であった。

彰生は、適当な休日を選んで姉に電話をしてから出かけて行った。姉の家は小田急線の駅を降りて十分ほど歩いたところにあり、多摩川の土手にも近い気持ちのよい場所だ。数年前に二世帯住宅に建て替えてあって、二階には長男夫婦が住んでいた。

姉の夫は法律事務所を持っていて、堅いが気難しい男であった。彰生はこの義兄と一緒にいても、あまり話がなくて困ることが多かった。その義兄が同業者の集まりに出かけて留守だと聞いて、彼はだいぶ気楽な気分になった。

「あんたの再婚の話、うまく進んでるの？」

姉は彼にお茶を入れながら言った。

紗江子と交際を続けていることは電話の度に話してはいたが、姉はどうもはかばかしく進展しないようだと見ているのだ。

「なかなか、思うようにはいかないな。相手の事情もあってね、どうなるか……」

彰生はあまり誤魔化すわけにもいかず、憂鬱な気分を払いのけながら紗江子の方にある事情をかいつまんで話した。そんなふうに姉に話してみると、彼自身も次第に諦めの心境に近付いているような気がして、何だか悲しかった。

「いくら気に入った人でも、そういう親を抱えた事情があるんじゃゃ、再婚なんて無理かもしれないわねえ」

姉はそう言ってから、

「それなら、もうその木田さんのことは諦めたらどうなの？」

姉はいとも簡単に言ってのけた。その顔には笑いさえ浮かんでいた。

彰生が驚いて姉を見ると、

「実はね……」

姉は、いたずらっぽいような表情を見せてから話し始めた。

「この間、うちの人の仕事仲間からの話で、また一ついい話があったの」

彰生が呆気に取られたように黙っていると、

十五

「その仕事仲間の人の親類筋の人らしいんだけど、歳は四十三歳でまじめな、よく働く人だそうよ。彰生に合うんじゃないかと思ってね……」

姉は彼の目を見てなおも話し続けた。八年前に離婚して、子供はいず、今はホテルのフロントに勤めているきれいな人だという。

「一応写真、見てみる?」

姉は返事を求めたが、彰生は写真を見ようとは思わなかった。それでも結局姉に押されて「考えてみる」ことだけは一応承知した。

姉の手料理で夕食を共にし、取り留めなく雑談もして、彰生は姉の家を出た。

小田急線の電車に乗って多摩川の鉄橋を渡りながら、冬の夜の薄い光の中に浮かんだ広い川の風景を眺めた。

彼は紗江子のことを思わないではいられなかった。このまま二人が別れてしまうのは、彼女にとっても不本意であるに違いないという思いがふつふつと湧き上がってきた。

紗江子の寂しげな目が、彼を見続けているような気がして、すぐにでも彼女の側に飛んで行きたかった。いまだにそれほどの思いがありながら、こうして彼女から隔たった場所で、姉から見合い相手の話を聞いて電車に乗っている自分が不可解でさえあった。

自分の家に着くと、彰生はすぐに姉に電話をして、先刻聞いた縁談は受ける気になれないと言った。すると姉は電話口で、彼の考えの浅さをなじってまくし立てた。

「断るって、あんた、そうまでしなくてもいいじゃないの。そっちの話の片を付けたら、わたしに連絡しなさいよ。あんたの歳にもなって、こんな話、そういくつもありはしないのよ。再婚する気があるって言うから心配してるのに。一人暮らしで老いぼれても知らないよ、わたしは……」

姉は本当に怒っているらしかった。電話の切れる音が彰生の耳を打つように聞こえた。

それきり、しばらく姉との電話も途絶えたままになった。

# 十六

松尾良美は、一ヶ月半ほど入院した揚げ句、その年の春の到来を見届けるようにして死んだ。

五十六歳という享年を聞くと、紗江子は、良美が人生半ばにして逝ってしまったという感に打たれた。紗江子には年上の仕事仲間であり友人であったが、一人の人間が一生を終わる歳として考えると、まだまだ若かったのにという思いが募り、新たな涙が流れた。

紗江子は、松尾家の通夜には焼香に出ただけで帰宅したが、告別式の日には課長に仕事の都合を付けてもらって、火葬場まで付いて行った。

三月の半ばで、火葬場の庭に、一株の白梅が日に照らされてきれいに咲き残っていた。

良美の夫は終始無表情を装って俯き加減にしていて、動く必要がなければ目をつぶっているようだった。読経の間、紗江子の位置から見えたその瘦せて白い横顔は、よく見ると、こめかみや唇の辺りがときどき痙攣しているように見えた。

良美の葬儀がすっかり済んでしまうと、紗江子は、やはり西野彰生にこのことを何も知らせずに済ますわけにはいかない、という気がしてきた。彰生に知らせるのは自分しかいないとも思った。

良美の死と共に彰生とのことは終わりにしよう。そういう思いに沈んだ紗江子は、最初はその気持ちを手紙に書いて彰生に送ることを考えていた。だがなかなか踏み出せず、日が経つにつれて、それではあまりに素っ気ない結末であるように思われた。

彰生とはもう何ヶ月も会っていないような感じだった。去年の暮れから正月にかけて電話で話をしたり、年賀状のやりとりをした記憶があるだけだ。その電話も絶えて久しい。以前、週末になると大抵どこかで会って食事を共にしたりしていたことが、古いアルバムを見るように思い出された。

良美の葬式が済んで数日経つと、紗江子は勇気を奮い起こすようにして、夜の頃合いを見て彰生に電話をかけた。

電話に出た彰生は、紗江子の声を耳にして驚いた様子であった。

紗江子は松尾良美が肺癌で亡くなったことを話し、告別式に出席したときのことも簡単に話した。すると彰生は、

「それは大変でしたね……。松尾さんとは、僕は二度お会いしただけですが、明るい方だなと思いました……。お世話になったままで、こんなに早くお亡くなりになるとは思いませんでした。残念な気持ちでいっぱいです」

一語一語言葉を選ぶようにして言った。二人の縁結びを果たそうとした人を失うのは、それだけでも悲しいことだった。

それから少し言葉が途切れた後、彰生が何か言いたそうにするのが紗江子にも伝わった。紗江子も、良美のことを話しているうちに、自分が彰生の声を聞きたかったのだというとがわかった。胸がいっぱいになった紗江子が言葉に詰まっていると、彰生が遠慮がちに言い出した。

「久し振りにあなたの声が聞けたのは、とてもうれしいですが……。どうですか、紗江子さん、もう一度、会ってくれませんか?」

何だか松尾さんがもう一度引き合わせてくれたような気がする。そう言いたくなったのを、軽々しい気がして彰生は懸命に抑えていた。

しかし彼が言わずとも、紗江子もまた同じ思いが込み上げて涙を拭っていた。

二人は受話器を握りしめて、翌日の土曜日の昼過ぎに新宿で会う約束をした。

新宿を希望したのは彰生である。

あの日、二人で肩を寄せ合いながら夕闇に覆われた新宿の街を歩いていたとき、紗江子の携帯電話に政代の事故の知らせが入ったのだ。新宿は彼にとって心残りの街でもあった。

紗江子が受話器を置くと、後ろで政代の声がした。

「誰からの電話なの、西野さん？」

紗江子はぎくりとして、

「そう、西野さん……。明日お会いしたいんだけど、いいかしら？」

我に返ったような気分で言って、すぐに念を押すように付け加えた。

「会っても夕方までには帰ってくるわ、いいでしょう？　お母さん」

「あ、いいよ、行っておいで……」

政代は気のないような返事をして、何かを思い出そうとするように紗江子の顔を見ていた。

翌日、昼の食事を済ませると、紗江子はすぐに出かける支度にかかった。

政代はその様子を見ながら、繰り返し紗江子に言った。それは紗江子が出かけるときに決まって政代が言うことだった。

## 十六

「帰りは遅くなるの？　留守番してるから電話して……」

「わかったわ。大丈夫よ、待っててね」

これもその度に紗江子が繰り返す言い方だった。だが彼女が玄関を出て行くとき、政代が廊下の手すりに片手を掛けて立ったまま、じっと紗江子を見送っていたのは今までにないことだった。

外は春らしい風が吹いていて頰に心地よく、久し振りで味わうような解放感があった。だが紗江子の中に浮わついた気分はなかった。

彰生と話した電話を思い出せば、彼がどんな気持ちで現われるか、ある程度わかるような気がする。しかし現実的にはやはり、二人の再婚は困難であることをはっきりさせるべきなのだ。彼女は何度もそう自分に言い聞かせた。自分でけじめを付けるために、彰生の最後の言葉を聞ければよいと思った。

だが、彼の誘いに応じて新宿の街に出て行く自分の危うさも、知らないわけではない。出がけに彼女を見詰めていた政代の顔が、見え隠れして付いてくるような気がした。

紗江子の乗った電車が新宿駅に近付くと、線路は地下に潜っていった。トンネルの轟音を聞きながら、彼女は自分が何だか落とし穴にでも落ちて行くような感じがした。

終着駅の改札口を出ると、紗江子は向こうに見える地下の広い通路を見通した。すると薄暗い雑踏の中を、眼鏡をかけた彰生が頰を輝かせ、にこにこしながら近付いてくるのが見えた。真新しい感じの明るいジャケットを着ていた。

紗江子は短い階段を下りたところで立ち止まり、臆した笑いを浮かべて彰生を待った。彰生が見れば、相変わらず慎ましく美しい紗江子であった。ベージュのブラウスの上に薄いグレイのツーピースをまとった地味な姿である。彼はひどく懐かしいものに出会ったような気分になって彼女に近付いて行った。

彼女の前に立つと彼は、うれしさを隠し切れぬというふうに、両手で彼女の手を取って、

「春めいてくると新宿もいいところがありますよ。上に出て、少し西口の公園の方を歩きませんか？　天気もいいことだし……」

彼女を明るい気分の中に誘い出したかった。

「そうですね……」

紗江子は彰生の手にもう一方の手を軽く添えて離そうとしたが、その仕草は少し硬かった。このまま彼の誘う街の中に入って行ってよいものかどうか、迷う気持ちが彼女の中にはあった。

「わたしたち、しばらく振りに会ったんですね。いろいろお話ししなければなりませんわ」

「ああ、そうですね……」

彰生は紗江子の気持ちを推し量ろうとした。やはりまず落ち着いた雰囲気の喫茶店に行くのがよいと思い、彼は周囲を見回した。

ふと紗江子は、目の先の壁に張ってある大きなポスターに目を止めた。彰生も気付いて、

「ああ、江ノ島のポスターか……」

二人は何とはなしに掲示板に近寄って立ち止まり、その大きなポスターを眺めた。

白い砂浜と真っ青な海の広がりがあり、中央にこんもりと木の茂った小さな島。その上の青い空に赤い色で、「すばらしい海と砂浜、小田急で江ノ島に行こう」と二行で書かれ

ていた。

紗江子は、今思い付いたばかりのことを言ってみたくなって、彰生を振り返った。

「これから海の方へ行くのはどうかしら。あの、江ノ島へ……」

「えっ……」

彰生は目を丸くして紗江子を見た。そう言えば以前、二人で広々とした海岸を歩きたいと話したことがあった、と彼は思い出した。

すると今まで彼の中にあったある種の興奮が、急速に冷めてくるのを覚えた。そして肩の荷が下りたような、安らいだ感覚が体中に広がってきた。

「そうか、海か……。天気はよさそうだし、海岸を歩くのもいいな」

彰生がそんなに簡単に賛成するとは思わなかっただけに、今度は紗江子が驚いた。二人は顔を見合わせて笑うと、すぐに小田急線の乗り場に向かう通路に進んで行った。何かが弾けて体が軽くなったような感じだった。

小田急線の急行電車は、土曜日の午後であるせいか、かなりの混み具合だった。二人は車内の中ほどのつり革に摑まり、並んで立った。電車が動き出すと、車窓を眺めながらし

十六

ばらく二人とも無言だった。

新宿駅を離れた電車は、大小のビルや民家の屋根の間をスピードを上げて走り抜けて行く。

紗江子は、ついさっきまで堅苦しく考え込んでいた自分が嘘のように、気持ちが解放されているのを感じた。やはり自分は新宿のような街から離れたところで、もう一度彰生と話がしたかったのだと思った。

隣に立つ彰生をそれとなく窺うと、

「考えてみれば……」

まるで紗江子の気持ちを察知したかのように、彰生が言った。

「やはり家族の問題は、掛け替えのないことなんですね。僕らにとっても、それが大前提になるんだな……」

紗江子は窓外の景色に目をやりながらうなずいた。

「わたしも、自分の家族のことで彰生さんにご迷惑をかけたくないと、ついそういうことばかり考えてしまうんです。そうなると、ますます自分の思い通りにいかないことばかりになってくるんですね」

それは紗江子の正直な感想だった。

二人が前回会ったのは、去年の冬の初め頃だ。あれから四ヶ月ぐらいの間顔を合わせていないことになる。電話や年賀状のやり取りなどはあったにしても、互いに疎遠になるのに任せていたとしか言いようがない。そのまま縁が切れても不思議はないことを思えば、やはり本当に松尾良美が再び二人を引き合わせたのだという気がしてくる。

「僕は、松尾さんに何もよい報告をしないままになってしまったことが、とても残念です」

彰生が言うと、紗江子は思わず目をしばたたかせて俯いた。

「ほんとに……。でも、それはわたしがいけないんです。なかなか決心ができないまま延ばしてしまって……」

「いやいや、紗江子さんがいけないなんてことはない。僕もその気持ちがわかるから、こうして待っているんです」

二人はまたしばらく黙ったままだった。

十六

車内には行楽目的の人々が多く、思わず知らず声高になる楽しげな会話も聞こえてくる。家族同士か友人同士か、目的が一致した者同士の楽しげな声である。その中に交じって声を潜めるようにして話し込む二人に、特に注意を払う者はいない。

「この頃、お母さんの具合はどうですか？」

いつ口に出そうかと思っていたことを、彰生がようやく言った。

「母はわたしのことをとても心配しているんです。でも、自分の認知症が少しずつ進んでいることは、余りわかっていないんです」

彰生は紗江子が冗談を言ったのかと思ったが、紗江子は大まじめな顔をしていた。

「だから困るんです。相手をするだけで大変なこともあります。でも、そういう母と毎日一緒にいると、今さらながら、母のことがいろいろとよくわかってくるんです。ある意味では母が、以前よりずっと身近な存在になったような気がする、不思議なくらい……」

「なるほど……」

「この頃母は、機嫌がよいと、貧乏で大変だったころのことや、昔のいろいろなことを話し出すんです。とても穏やかな顔で、ぽつり、ぽつりと……」

「歳を取ってから、自分の人生を思い出してみたり話したりできるのは、いいことだね」

「そうね……」

紗江子は、自分が素直な気持ちで政代のことを話しているのを感じた。

彰生も自分の父と母とを思い出していた。

床に伏したままの老いた父とその世話をする老いた母の、日々の姿。仲も決して悪くはなかったあの二人は、きっと互いの人生を慈しみ合いながら、残りわずかな余生を静かに送ろうとしているのだろう。そこには余人の介入を必要としないような、二人だけの雰囲気が醸し出されている。彼は実家を訪れたとき、父と母の部屋でそんな雰囲気を感じたことがあった。

彰生はそっと紗江子に目を向けた。

薄化粧をしただけの紗江子の顔は、今こうして横から見ると、髪のつやが薄れているのもわかるし、少しやつれたのか、目の回りの窪みが増したようでもある。だが彼女のまなざしは以前と少しも変わらず、車両の揺れるままに肩の触れる彼女の存在に何の違和感もない。

十六

この人を離したくない。この人のすべてを受け入れて生きてゆきたい。彰生は改めてそう思うのであった。

電車は田園の続く中を走っていた。

「今日は天気がいいから、きっと海もきれいだろうね」

「そうでしょうね。江ノ島には、最近いらっしゃったことがあるんですの？」

「いや、そう言えば子供の頃以来、久し振りのようだ。僕は、泳ぎは二十メートルも行かないで沈んでしまう方なので、あまり海は……」

二人は笑った。

つり革を持って並んで立ちながら、二人は話す度に顔を寄せ合った。

「紗江子さんは、海はどうですか？」

「わたしは、子供を連れて家族五人で来た思い出があるの。上の娘が中学生の頃だったわ。今ちょっとそれを思い出したんです」

「ほう、お子さんたちは泳ぎが上手なんですか？」

「娘二人はわたしに似て、それほどでもないけど、息子が夫に似てスポーツ好きなものだから、泳ぎもじきに覚えて……」

紗江子は思わず息子のことを口にして、ちょっと言い淀んだ。

彰生は、今まで何回か会う中で紗江子が、彼女の息子についてはほとんど話したことがなかったことを思い出した。

「その息子さんは今、何をしているんですか？」

紗江子の顔が一瞬かすかに曇るのを、彼は見逃さなかった。

「息子は今、埼玉の方でアパート暮らしをしていて、会社に勤めているんです。病気でもして困ることがなければ、普段は何も言ってきませんけど……」

そう言って紗江子は少し微笑んだが、言葉は続いてこなかった。

彰生は黙って車窓に目を向けていた。

そのうちに紗江子の方から口を開いた。

「あの子が十歳の時に、わたしは離婚しましたけど、その影響をまともに受けたのが、あの子だったかもしれないと、この頃になって思うんです……。でも、真一も大人になって、わかってくれると思います。この間電話で話したとき、声を聞きながらそう感じました」

紗江子の目にうっすらと涙がたまっていた。

彰生は紗江子の話に胸を打たれた。彼はそれを抑えて、自分の息子のことを話した。

「僕は妻の亡くなった後、息子二人を一生懸命育ててきたつもりだったが、やはり息子たちには辛い思いもさせてきていたんです。最近そのことにいろいろ気付かされた……。しかし息子たちはそれぞれに世間に出て、自立していってくれそうなので、本当にほっとしているんです」

うなずいた紗江子の頰に微笑みが浮かんだ。

走り去って行く風景の向こうで青い空がさらに広がってきて、遥か遠くの薄靄《うすもや》が見渡せた。海が近付いてきたのだ。

電車が片瀬江ノ島の駅に着くと二人は駅舎を出て海に向かって歩いた。そして右手に広がる砂浜に進んで行った。

長い冬の後の砂浜は、まだ冷たく固まっていた。波の届く辺りは砂が軟らかくて歩きにくいから、二人は水際から離れた固い砂の上を選び靴のままで歩いた。風はさほど強くはなかった。

「子供たちを連れてきたとき、どの辺で泳いだのか、もうわからなくなってしまったわ」

紗江子は立ち止まって眺め回した。

「江ノ島の砂浜がこんなに遥か向こうまで続いているなんて、僕は思っていなかったな」

砂浜の続く渚を見渡して彰生が言った。

「人が大勢くる夏とは違って、すごく海が広々とした感じ……」

「何だか、とてもすがすがしくて、大きな気持ちになれる気分だ」

二人は並んで立ち、しばらく海を眺めた。

うれしそうに笑う子供の声が聞こえ、見ると、向こうの波打ち際で小さな子供が一人で戯れていた。母親らしい女が離れたところで砂に腰を下ろし、子供の方を見ていた。

二人がその母親のいる辺りへ近付いたとき、子供が何か叫びながら走ってきた。母親は手を上げて子供を迎えようとしている。三、四歳ぐらいの女の子で、母親に近寄りながら足踏みしたり手を振ったり、様々な仕草をして見せている。手に何か持って、しきりと母親に向かって振りかざしたりした。

二人は近付いて立ち止まり、その光景を眺めていた。すると母親がこちらを振り向いて明るい笑顔を見せた。日に焼けて引き締まった肌の色をしていて、この辺りの人らしい若い母親であった。

紗江子が母親に笑いかけるように会釈すると、不意に女の子が二人の方に走ってきて、手に持ったものを渡そうとした。紗江子がしゃがんで受け取って、見ると、それは白くて丸い小さな貝殻であった。女の子はまた母親のところへ走っていった。

二人は女の子と母親のいる脇を歩いていった。

「ありがとう、きれいな貝殻ね」

紗江子が女の子に近寄り、かがみ込むようにして小さな手を取り、赤いリボンの付いた頭を撫でた。母親は先ほどと同じ笑顔で二人に会釈した。

またしばらく歩いてから、先程の母親がいたところと同じような乾いた砂の広がりを見付け、二人は並んで腰を下ろした。

この辺りまでくると、人の姿はほとんどない。海からかなり離れたところをアスファルトの道路が海に併行して走っているが、そこを行き交う車の背はわずかに見えても、エンジンの音はほとんど聞こえない。

二人の目の前いっぱいに、ただ青い海原と、薄靄のかかった晴れた空の光景とがあるばかりだ。

それは、二人だけでそこにいるにはあまりに広大な、自然の真っただ中であった。二人は発する言葉もなく、動くことも忘れたかのようだった。そうしていると、そのまま透明な空気の中に吸い込まれて、消滅してしまいそうな気がした。実際そうなってもよいような気がした。

柔らかな暖かい風の一団が海の方から吹いてきて、二人を包んでから通り過ぎて行った。

彰生が顔を向けると、紗江子も彼を見た。互いに弱々しく澄んだ目をしているのがわかった。

彰生は紗江子の手を引き寄せ、両手でいとおしむようにして撫でた。彼女の手のひらは主婦らしい厚い皮膚で、温かな赤い色をしていた。彰生はふと、幼い頃の記憶にある母親の手のひらを思い出した。

彰生の手の優しい感触に、紗江子は心が洗われてゆくようだった。彼に話したいことが自ずと口をついて出てきた。

「毎日見ていても母の老化は進むばかりですけど、わたしは、どうしても母を老人ホームなどに入れることができないんです。そういう自分のことがよくわかるんです」

彰生は彼女の言う「自分のこと」とは何だろうと思い、耳を傾けた。

「この頃になって、わたしと母との間に今までいろいろあったことを考えたりするんですけど、そうすると最期まで母のことを見てあげたいという気持ちに、どうしてもなるんです。母に、施設に入るように無理強いしても、母もわたしも幸せになれるとは思えません」

「そうなんだろうね。それは僕にもわかるような気がする……」

彰生はそう言いながらも、紗江子に答える言葉を懸命に探していた。

紗江子の頬を涙が流れていた。

「紗江子さんは一人ではない。お母さんもいれば、僕もいる。そのことをもっとわかって欲しいなあ」

彰生が言った。

紗江子は黙って海を見続けていた。

そのとき彼は、自分が紗江子に対してもっとも言いたいことが何であったかを思い出した。

「僕は一人ではない。紗江子さんがいる……。そう思うことができれば、これからもずっと、生きてゆける気がする。だから僕は、紗江子さんのお母さんを大事にする。これが大もとになる考えだと思う」

彰生の言葉に、紗江子は彼の手を強く握り返した。

彰生は、自分の考え続けていたことが、すらすらと口をついて出てくるのを感じていた。

「僕はもう、あまり自分の家に拘るつもりはない。特にそんな必要もないんだ。今の僕の家は、息子が住みたければ住めばいい。いずれにしても、これからは紗江子さんと暮らすためにどうしたらよいかを第一にしたい」

紗江子が驚いた様子で彼を見た。

# 十六

「そんな財産とか、物質的なものにいつまでも囚われていたら、人間は年老いて寂しくなるばかりだ。愛する人さえいれば、どこに住んでもいい。どんな苦労も、楽しみも悲しみも、一緒に味わっていけばいい。歳を取ると人間も、そういう自由な気持ちになることができるんじゃないか。たとえ年数は短くても、それができればすばらしいと思う」

彰生は水平線の彼方に目をやり、それから両手を後ろに突いて大きく空を仰いだ。

彼は、自分も今まで意外なほど、世間体に拘って生きてきたことを思った。都会も一人ひとりの人間にとっては案外に狭い世界なのだ。

紗江子は、胸の中に冷たく固まっていたものが一気に溶け出して、爽やかなものが広がってくるのを感じていた。この人といれば自分のことをもっと大事にして生きてゆける。それ以外に何もいらない。これから先どういう形になろうとも、彰生と共に生きていこうと思った。

それは、二人の気持ちが初めて本当に一致した瞬間であった。わざわざこの広い海を見にやってきた甲斐があったというものだ。

二人はしばらくそうして海に向かって座っていた。

「あら、ここにもよく似た貝……」

ふと紗江子が、彰生の膝の下辺りの砂から貝殻を一枚拾った。薄い茶色を帯びた丸い貝で、子供の手のひらより小さいきれいな貝だった。

「あの女の子のくれた貝と同じ貝かな？」

彰生が言うと、紗江子はすぐに服のポケットを探って、先ほどの貝殻を出してみた。二枚並べてみると、色は少し違うがよく似た形をしている。二枚の貝を合わせてみると、大きさは同じようでも微妙に違うようで、ぴったりとは合わない。

紗江子は手にした二枚の貝殻を重ね合わせて一つにし、それを指でつまんで、いたずらっぽく笑いながら彰生に見せた。そしてそのままハンドバッグの中に収めた。

陽はだいぶ西の方に回って落ちかかっていた。

二人は小田急線の片瀬江ノ島駅に向かって引き返すことにした。

自然に互いの手が絡み、体を寄せ合うようにして歩いた。

「わたしたち、本当に一緒に暮らせるようになれるかしら」

「なれるさ……。その気持ちさえあれば」

## 十六

紗江子はうなずいた。

二人は足を止め、海を向いて立った。白い泡の帯が次々と寄せては消える渚の音が、引っ切りなしに聞こえていた。静かに見える海は、よく見ると、沖の方から陸に向けてゆったりとした力強いうねりを送り続けているのだった。

「僕たちはもう十分に、お互いを知り合っているんじゃないかな。もしかすると夫婦と同じぐらいに……」

「そうね……」

彰生は手を回して紗江子の体を抱き寄せた。彼は紗江子の両手がしっかりと彼の背中を押さえているのを感じた。この温かな抱擁を、もう決して失いたくない、と彼は心に強く誓った。

二人はまた歩き出した。

「あの二つの貝殻、わたしが大事に持っていることにするわ」

「二人のお守りみたいだね」

「女の子がわたしたちにくれた贈り物。合うようで合わない二枚の貝殻だけど……」

「合わないようで合う、二枚の貝殻……」

「そうか……、そうね」

二人は顔を見合わせて笑った。

駅の近くに建つ、いくつかの大きな建物が間近になった。

頃合いを見て紗江子が携帯電話で家の電話を呼び出すと、待ち構えていた政代がすぐに出た。用件は短時間で済み、紗江子はほっとした顔で彰生と駅のホームに入った。

電車を待ちながら紗江子は、家を出るときに見た、政代の恨みがましい顔を思い出していた。家に帰ったら、彰生と一緒に江ノ島を散歩したことを、いろいろと政代に話したいと思った。

電車は始発駅だから座席を確保するのは容易だ。往きにつり革を握って並んだときは妙に気詰まりな思いもしたが、帰りは並んで座って行けるのがうれしい気分だ。できるだけ長くゆっくりと乗って行きたい、と紗江子は思った。

（了）

著者プロフィール

**佐山 啓郎**（さやま けいろう）

1939（昭和14）年東京生まれ。1963（昭和38）年法政大学文学部日本文学科卒業。2000（平成12）年都立高校教員を退職後、都嘱託員となり現在に至る。2000（平成12）年以降同人誌「コスモス文学」に作品を発表する。

著書に、『地の底の声を聞け』（2003年）、『甦る影』（2005年〈絶版〉）、『母の荒野』（2008年）、『ほのかなる星々のごとく』（2008年）、『芽吹きの季節』（2008年）―いずれも文芸社刊がある。

**紗江子の再婚**

2010年10月15日　初版第1刷発行

著　者　佐山 啓郎

発行者　瓜谷 綱延

発行所　株式会社文芸社

〒160-0022　東京都新宿区新宿1－10－1

電話　03-5369-3060（編集）

03-5369-2299（販売）

印刷所　株式会社フクイン



ISBN978-4-286-09458-8